かげろうの家

女子高生監禁殺人事件

横川 和夫［編著］

追跡ルポルタージュ
シリーズ「少年たちの未来」
2

駒草出版

まえがき

今から二十四年前の一九八八年（昭和六三年）十二月。

昭和天皇がすい臓がんのため意識不明に陥り、逝去がいつ発表となるかでメディアは連日、皇居周辺に記者を張り付け徹夜で取材を続けていたときのことだ。

東京・足立区綾瀬の新興住宅街にある二階建ての家では、二階六畳間に監禁された女子高生（一七歳）が、四人の少年たちから想像を絶する性的虐待、暴力など、人間としては耐えがたい辱めを受けていた。

十二月初め。女子高生は少年たちの監視のすきに階下に降りて一一〇番したことがある。ところが近くで寝ていたリーダー格のA（一八歳）に気付かれた。逆探知で警察からかかってきた電話にAが出て「なんでもない。間違いです」と返事をした。

昭和天皇の逝去に備えて各警察署から警備の応援に出動していたため、人手が足りず、一一〇番をかけてきた家を訪ねて調査する余裕がなかったのだ。

年が明けた一九八九年（昭和六四年）一月四日早朝。

Aが麻雀で十万円も負けてしまったことにいら立ち、他の三人の少年とともにC（一六歳）の家に押しかけ、二階で衰弱して身動きできなくなっていた女子高生を二時間半にわたって殴る、蹴るなどの暴行、虐待を加えた。

四十日間も監禁されていた女子高生は翌日、冷たくなっていた。

遺体の処理に困った四人の少年たちは、死体をドラム缶に入れ、コンクリート詰めにしたという劇画の場面を思い出した。

ドラム缶とセメントを手に入れて女子高生の遺体を毛布にくるみドラム缶に入れ、コンクリートで固め、海に捨てようと埋め立て地まで車で運んだ。

しかし途中で怖くなり、埋め立て造成中の海浜公園の空き地に捨てた。

それから二日後の一月七日。

昭和天皇の逝去が発表され、年号は昭和から平成に変わった。

残虐で、非人間的な女子高生コンクリート詰め殺人事件は、偶然にも昭和の最後の瞬間と重なったのである。

四人の少年たちは大阪万国博が開かれた一九七〇年前後に生まれている。

高度経済成長もピークに達し、実質的な安定成長期のなかで子ども時代を過ごしている。

日本人のだれもが経済的な豊かさが永遠に続くだろうという幻想に酔いしれて、お金がすべてで、何をしても許される、生きていけるという弛緩ムードの中で起きた事件でもある。

いまは平成二四年。あれから四分の一世紀近くがたとうとしている。

四人の少年たちは最年長のAが四二歳、最年少のCが四〇歳で、いずれも刑期を終えて社会生活をしている。

サブリーダー格のBは、その後、知り合いの男性を監禁して暴行を加えたとして逮捕監禁致傷の疑いで逮捕、二〇〇五年三月、懲役四年の刑を言い渡され、再度服役した。


なぜ少年たちがこれほど残虐なことができたのか。

四十一日間も二階の六畳間に監禁され、やけどの跡がただれて、その異臭が立ち込めたりしていたのに、その家のCの両親はなぜ気が付かなかったのか。

四人の少年たちが生まれて間もなく、文部省は一挙に教科書の内容を難しくしたため、小、中学校では授業についていけない児童生徒たちが校内暴力を起こし、学校は荒れに荒れた。

少年たちが通う公立中学校は「足立の学習院」と呼ばれていた。有名私立高校に送り込むことに力を入れていた学校では、教師の体罰による厳しい管理で登校拒否が激増し、勉強できない生徒は排除されていた。四人の少年はいずれも高校に進学したが、すぐに中退してしまう。生きる力を育むはずの学校が、もっとも教育を必要としている少年たちを放り出していたのはなぜか。

そんな疑問に答えを出すために取材を始めたのが『かげろうの家』である。一つひとつの事実を積み重ね、組み合わせていくことで少年たちの育った家庭や学校、そして社会が抱える構造的歪みやひずみが鮮明に浮かび上がってきた。

その『かげろうの家』を再読して改めて再認識させられたのは、時代が変わっても日本社会の構造的な歪みやひずみは一向に改善されていないことだ。

それどころか、貧富の格差が拡大し、受験競争は激しくなり、少年たちの置かれた環境は悪化している。つまり少年たちの抱える問題は何ひとつ変わっていない、いや深刻になっていることだ。

四人とも幼少時からありのままの存在を受け入れられていない。自分を見失った母親の口から出てくる言葉は「勉強しろ」「部屋を片付けろ」といった指示、命令ばかり。親も教師もゆっくりと時間をかけて子どもの話に耳を傾け、コミュニケーションを取る余裕がない。その代わりが体罰である。

学校では授業についていけず、教師からは邪魔者扱いされ、高校に進学するものの中退してしまう。

四人の少年のうち二人は離婚家庭だ。あとの一人も父親は企業戦士で深夜帰宅が続き、他の一人は父親がアルコール依存症で、いずれも夫婦の関係は冷え込んでいて、親密ではない。

そうした問題を抱える家族を支えるためのセーフティネットはないに等しい。

一九七五年の国際婦人年のあと、「女子に対するあらゆる形態の差別の撤廃に関する条約」（女性差別撤廃条約）が一九七九年の国連総会で成立した。日本は一九八五年に「男女雇用機会均等法」を制定して、批准し、発効した。

にもかかわらず男は仕事、女は家事育児という性別役割分担の発想は根深く、世界の流れから日本は取り残されている。その時代遅れの男支配の発想が四人の少年たちにも影響を与えていたことは否定できない。

夫婦が互いに支えあいながら、仲睦まじく、子どもの成長、発達に目を向けてフォローしていくという時間もムードもない。事が起きたときに、命を懸けても信念を貫き通し、夫婦が徹夜してでも話し合うという真剣さに欠けている。

子どもはそうした親の一挙手一投足を敏感に感じ取っている。

自分のことはどうでもいいのだ、と感じたときの失望や寂しさが、やがて積もり積もって、怒りや不満、憎悪に代わっていく。

いま改めてこの事件を問い直してみると、四人の少年たちはさまざまな虐待を受けた被害者であり、その虐待を受けたことで蓄積された怒りや恨みを自分たちより力のない女子高生に向かって爆発させた事件だったことが分かる。

だが当時の日本社会は、私たちも含めそうした暴力などで強いものが弱いものを支配することで成り立つ虐待のメカニズムの認識に欠けていたと言ってよい。

最近、ひっきりなしにメディアは子どもの虐待事件を報じている。

つまり子どもを虐待してしまう親たちは、四人の少年たちと同じように家庭や学校で受けた虐待による心の傷、問題を抱えながらも十代を何とか乗り切り、結婚したものの、孤立したり、追いつめられたりすると、ちょっとしたことがきっかけで、怒りに火がつき、もっとも弱い、助けを必要とする自分の子どもに向かって爆発させてしまう。

つまり幼少期に受けた心の傷を癒し、修復したりする機会がないまま、親になってしまった。虐待の連鎖が続いているのだ。

この『かげろうの家』では、虐待を起こす親たちの抱える問題、日本の学校や家庭の構造的な歪みやひずみを改めて検証できるに違いない。

特に『かげろうの家』の最後に、子どもの問題に関心を持つ八人の専門家にそれぞれの立場から発言してもらった提言は、虐待問題を解明する手掛かりになると確信する。

かげろうの家――女子高生監禁殺人事件――●目次

第3章　孤立無援のなかで

第4章　夫婦葛藤のはざまで

ヤクザ稼業にいや気

第5章　暴力の果てに

第6章　ほんとうの豊かさとは

第1章　都会のなかの聖域

帰らなかった女子高生

一九九〇年五月二十一日。東京地裁419号法廷。

検事が、四人の少年をまえに罪状を述べた論告を読みあげた。

丸刈りの少年たち四人は、下を向いた銅像のように身動き一つしない。

初公判がはじまって十カ月。

毎回、取材のため法廷に通いつめた私たちの頭には、四人の少年たちが証言した言葉が焼きついて離れない。

「命というものは、言葉でなんか表せないほど尊いもので、それを奪っちゃって、ほんとうに申しわけない」と主犯格のA（一八歳）。

サブリーダー格と称されたB（一七歳）は「自分自身の行動に責任がある。自分の言葉とか態度で相手の人が傷つくことは考えてこなかった」と反省した。

自分の部屋が監禁場所となったC（一六歳）は、暴力をふるっていた父母が仕事を辞め、げっそりやせたことを弁護士から教えられて涙声になった。

D（一七歳）は「母はウソつきですから」と、いまでも面会を断りつづけている。

残酷な事件を起こし、逮捕されてはじめて、人間としての心を揺さぶられた四人。

金満飽食の裏で、十七歳の少女の命の代償なしに、少年たちを目覚めさせられなかった社会。それを現代の貧しさと言うのだろうか。

半袖のポロシャツからセーターへ。

家族が差し入れた四人の服装は、夏から秋、冬、そして春と変わり、季節感のない殺風景な法廷でも、確かな時の流れが感じられた。

だが、変わらないのは傍聴席に重い足取りで通いつめる親の気持ち、そして苦悩に満ちた表情だった。

なかでも監禁場所に使われたＣの母親（四二歳）は、毎回欠かさず法廷に顔を見せ、傍聴席からの冷たい視線にも耐えつづけていた。

「事件当初は私自身の命を差しあげても、つぐなえるものならと思いましたけれども、そうしたところで、女子高生は戻ってきませんので、やっぱり生きなければと。どんなにつらくても、親の責任として生きていきたいと思っております。また、子どもとともに、いっしょにつぐないをしていきたいと思っております。法の裁きがありまして、帰ってくることになりましたら、子どもを温かく迎えて、社会復帰の援助をしたいと思っています」

Ｃの母親が、はじめて証言台に立ったのは前年の十二月。弁護士から心境を聞かれて、こう答えていた。

事件以来、小柄な体が一層やせて、ひと回りもふた回りも小さくなった。

Ｃが逮捕されてまもなく、二十三年間も看護士として勤めた診療所を辞めた。

どうして、こんな事件が起きてしまったのか。子育てのどこにまちがいがあったのだろう。薄れかかった過去の記憶の糸をたぐりよせながら、人生をふり返る。

何度死のうと思ったことか。そのたびに自分がいなくなったら、残された子どもたちはどうなるのか、と自分に言い聞かせてきた。そんな自問自答の毎日が、いまもつづく。

“こんばんは”と女の子

東京・下町にある小さな診療所に母親が勤めはじめたのは一九六七年の十一月。

昼間働きながら都立商業高校の定時制を卒業。歯科助手学校に入ったが、一年後に看護士を志して診療所に。

勤務のかたわら准看護学校で二年、さらに高等看護学校に進んで三年間勉強をつづけ、苦労のすえ、看護士資格を取得した。

職場でのまじめな仕事ぶりがかわれ、事件発生の数カ月前には看護士主任に昇格したばかりだった。

母親は、女子高生が連れてこられた夜のことはよく覚えていた。

一九八八年の十一月二十五日。その日は、冬を感じさせる冷たい風が吹いていた。

父親が、たまたま三日間の社員旅行で沖縄に出かけた日で、女性は母親一人。しかも、母親は、夏からCの高校中退問題などで心労がかさなって不眠症にかかり、心身ともにまいった状態だった。

「夜中の二時ごろだったと思います。うるさいので目が覚め、二階に行って〝あんたたちなにしてるの〟とドアをたたきましたら、ドアが開いて、すぐ閉められました。一瞬のことで、正面を見たときの顔は、私が知らない人でした。車座になって五、六人が話しているようでした。女の子がいたかは気がつきませんでした」

期末試験が近づいている一歳上の兄は、どうしているのかと心配になり、隣の部屋をのぞいてみたら、兄は寝ていた。

「こういうことは、絶対やめさせなきゃと思いました。べつの機会に（Cに）家には泊めてはいけないと言いましたが、自分が勝手に連れてくるのだから、なにも言うなと言われました」

その夜、母親は、女子高生の姿を見ていないが、その後、三回にわたって顔を見たり、声をかけたりしていたのだ。

最初に女子高生の顔を見たのは、数日後の十一月末のことだ。

夜の九時ごろ、母親が一階の台所で後片づけをしていると、玄関が開《あ》いた。

「玄関から〝こんばんは〟と、女の子が入ってきて、私は〝遅いから、もうすぐ帰りなさい〟と言ったんですが、スタスタ二階にあがって行きました。その後を、男の子がぞろぞろという感じで。なんではじめてなのに、二階に行くのがわかるのかと、あとから思いました」

Cが二階から降りてくると「早く帰しなさい」と催促したが、そのときは、くたくたに疲れていたので、あとは父親に任せて寝てしまい、その後、どうしたかは母親の記憶にない。

翌朝、子どもたちから「もう帰った」と聞かされ、とくに気にもとめていなかった。

一週間後の十二月初旬。

トイレ掃除をしていた母親は、生理用品を見つけた。

「いや、いるんだわ」

じつは、母親は子どもたちから「帰った」と聞かされていたが、ときどき、女の子の声がしたような感じがしたので、もしかしたらいるかもしれないという疑いは持っていた。

二階にあがってCの部屋のドアをたたくと、女子高生がDと二人でいた。

当時の状況について弁護士の質問に、母親はつぎのように証言している。

「どうしてここにいるのかと聞きました。なかなか答えないものですから、家出するのは相当の理由があるんでしょうから、どうしても言いたくなかったらいいです、というふうに言ったんですけど」

女子高生が、Aらに脅されていることも知らない母親は、とっさに、彼女が家出してCの部屋にいるものと思った。だから、名前や住所を最初に尋ねた。

「名前も言わないんです。住所は××のほうだと言いました。何歳かと聞きましたら、高校三年と言ってました。それじゃあ、もう卒業じゃないと言いましたら、就職が決まっていると。お母さんも心配しているし、すぐ帰りなさいと言ったんです。そしたら返事しないし、帰るというふうに言わないんです。Ｄ君も〝帰ったほうがいいよ〟と言ってくれて。ご飯を食べてから、かならず帰ると約束して、下に降りてきたんです。そこへＣも帰ってきて……」

ＣとＤ、そして女子高生の三人は、一階の居間でいっしょに食事をした。食事を終えると、三人はテレビを見たり、ファミコンをして遊んでいた。

「食器を取りにいったときなんですけど、テレビを見たりしていて、あとファミコンを交代でやっていたようです。けっこう、怖がりもせず、みな、いっしょの友だちという状態でした」

居間と台所とのあいだにあるガラス戸を閉めていたため、会話のやりとりはときどき、聞こえる程度だった。

Ｃが、女子高生に「何時に帰るの」「寂しくなっちゃうね」「電話教えてよ」と話しているのがわかった。

母親は、もう帰るだろうとばかり思っていたら、三人は二階にあがってしまった。

「食事も終わったのに、なんで帰らないんだろうという気持ちがすごく強くて、イライラしてました。早く帰ってほしいという気持ちで……」

三回目は、その翌日のことだ。

母親が偽名の電話

午後七時すぎ、診療所から帰った母親が、念のためCの部屋をのぞいてみた。女子高生と、こんどはDのかわりにBがいた。

「なんで帰らないのかと思って。あんなに昨日約束したのに。帰るというふうに念をおしたと思いました。〝男の子が二人いる家にいたら、どんなことになるかわかるでしょう〟と。そしたら、B君は〝おれ、やってないよ〟とか言ってました。だから、セックスのことだと思いました。〝でも、そういうことはやってないかもしれないけど、ここは薄暗いし、ヤクザみたいのが出入りしているから、すぐ帰りなさい〟〝お父さん、お母さんも心配しているから〟と言いましたけれど、ぜんぜん動く気配なくて。私一人でしたので、主人を呼ばなくちゃ、私一人の説得ではだめだと思いまして、電話をかけたところ、主人はいませんでした」

母親は、近所に住むBの母親に連絡しようと、Bの祖母の家を訪ねたが、高齢の祖母に心配させてはならない、と心変わりして、世間話をしただけで帰ってきた。

すでに父親が帰っていて、二階で女子高生に帰るよう説得していた。

「一刻も早く帰ってほしいという気持ちでしたので、二階に行き〝早く帰りましょうよ〟ということで〝バッグはどこ、靴はどこ〟と言いながら、部屋を探し歩いて見つけ、女子高生の手をひっ張りました。けれど、ぜんぜん、動こうとしないので、うしろにまわって、体を持ちあげようとしたんですが、ものすごく重くて、動きませんでした。それでバッグと靴を持ったまま、下に降りたんですが、だれもついてこなかったんですね」

母親は、女子高生の身元がわかるものはないかと、バッグのなかを探し、アドレス帳を見つけた。

たまたま、帰宅したCの兄（一七歳）が、ハンドバッグを開けている母親に「なにをしているんだ。なにか取ったろう」と声をかけてきた。

母親は「なにも取ってない」と、ウソをついた。そしてアドレス帳を取りだすと、少年たちに気づかれないようふたたびBの祖母の家を訪れ、女子高生と思われる家に電話した。

「こういうお子さんがいるかどうかを聞きましたら、〝いまはいない〟ということでした。それで名前と、その子と一致しているかどうかわかりませんので、〝たばこを吸いますか〟と聞きました。まえの日にテレビを見ながら、たばこを吸っていたものですから。そしたら、〝ええ、吸ってます〟と言いました」

不審に思った女子高生の母親は「どなたですか」と、逆に尋ねてきたが、母親は実名を明かさなかった。

法廷で検事に、なぜ偽名を言ったのか、その理由を追及された母親は、他人のハンドバッグから黙って取ったということと、Cの兄に見つかり「なにも取っていない」と、ウソをついたのが心にひっかかったことを挙げた。

女子高生が家に戻ったら、電話したことがばれて、兄から糾弾されることを母親は恐れた。Cだけでなく、兄との信頼関係に亀裂が入ることだけは避けたかった。

家に戻ったら、女子高生が階下の居間で父親と話をしていた。帰ることに決まったという。

「〝送って行きましょう〟と言ったら〝帰れますからいいです〟と言うんです。名前も言えない人が、そういうふうにはっきり言いましたので、〝帰るのにタクシー代持ってる？　なかったら……〟と言いましたら〝ありますからいいです〟と、断られました。そして玄関を出ていったんです。出ていくとき〝まっすぐ帰りなさいね〟と念をおしたんです」

女子高生は、BとCの兄といっしょに玄関を出た。母親がホッとしているところへ、なにも知らないCが帰ってきた。

女子高生を帰したことに腹をたてたCは、「ふざけんな」「関係ねえことすんじゃねえ」と母親を責めたて、暴力をふるった。午後九時ごろから四時間近くもつづいた。

「私はCにやられることよりも、なんで、こういう子に育ってしまったのかと反省する気持ちが強く、痛みよりもどうやって立ちなおらせたらよいのか、そればかり考えていました」と母親。

止めに入った父親は「おまえは関係ねえ」とCに怒鳴られ、いつものように酒を飲んでいた。じつは、Cが台所のイスに座った母親を小突いたりして乱暴しているとき、BとCの兄は、女子高生と、Cの自宅から十メートルも離れていない公園にいた。

女子高生を帰すかどうかを相談するため、Aが来るのを待っていたのだ。

「午後七時ころから午前二時ぐらいまで公園で待ってました。女子高生は、地面に字を書いたりしてました。二時になってもA先輩が来ないので〝今日は来ないな〟ということで、三人で家に入りました」とB。

BとCの兄は、女子高生といつものように電柱をよじのぼって二階のベランダから部屋に入ったため、両親には気づかれなかった。

名門中学の裏側

ＪＲ常磐線綾瀬駅から北へ十五分ほど歩いた住宅街に、事件の舞台となったCの家はある。玄関と二階のベランダが南欧風の家は、約百平方メートルの敷地いっぱいに建っていて、両隣りの家とは人がやっと入れるほどの狭さだ。

Cの一家が、この３ＤＫの建売住宅を約二千万円で購入、おなじ足立区内から引っ越してきたのは、事件の十三年前。Cが三歳、兄が四歳のときだ。

近くに子どもたちが遊べるほどの小さな公園もあり、Cの母親は「環境もよい所だわ」と気にいっていた。

模範的な家庭が

看護士の母親が、おなじ診療所で事務の仕事をしていた父親（四八歳）と結婚したのは一九七〇年十一月。

父親は三十歳、母親は二十四歳だった。

式の数日前には作家、三島由紀夫が割腹自殺したり、三月には赤軍派による「よど号」ハイジャック事件が起きるなど、七〇年安保闘争で揺れ動いた年である。

父親は大学を卒業して、三十人ほどの商事会社に入ったが、たまたま母親のいる診療所で健康診断を受けたのがきっかけで、誘われ転職した。

夫婦仲は良く、結婚後も母親は看護士の仕事をつづけた。

子育ては保育園と、小学校にあがってからは、三年まで学童保育にゆだねられた。

「ゼロ歳時から保育園で、Cと兄は双子のような関係で、仲も良かったし、兄弟げんかもしてました。Cの性格は寂しがり屋で、だっこちゃんベビーのようなところがありました。たえず、背中やひざに来ていました」

保育園から帰宅の途中、母親は、動物や花など、いろいろな話をした。

「今日はマラソンしよう。どっちが早いかな」と、かけっこもした。

父親は、日曜日には子どもを近くの荒川に連れていき、たこ揚げや土手滑りを楽しんだ。

上野動物園に行ったこともある。

ほのぼのとした幸せを、母親は感じていた。

「お父さんは、いろいろな所に連れていってくれて、やさしくしてくれたので好きでした。運動会のときも来てくれて。荒川の土手とかに連れていってもらいました。お母さんには、保育園に連れていってもらったり、やさしくしてもらいました」とC。

「健康で、おおらかに、のびのび育ってほしい」というのが、両親の教育方針。

法廷で両親たちの証言を聞いていると、どこにもある家庭の風景がひろがってくる。

テレビは三歳まで見せず、小学一年ころは三十分とか一時間に時間を決めて、高学年になるにしたがい時間を増やし、中学ころは、午後九時ごろまでになった。

Cは、小学四年から六年まで少年団に入り、人形劇やプラネタリウムを見にいったりした。

地域の少年野球チームにも入った。守備はファースト、キャッチャー、レフトで、打順は三番か五番、地域では二回も優勝した。

「つらいと思うこともありましたけど、はじまれば、すごく面白いというか、試合に勝ったときは、うれしかったです。勉強はあまり好きでなかったし、隣の人としゃべったから、まじめじゃないんです。成績は、いつも最後というか、でも、あんまり気にはなんなかった」とC。

C家では、小さいうちから生活習慣を身につけさせようと、Cが四歳、兄が五歳ころから役割分担を決めた。

板戸の開け閉め、新聞・牛乳運び、階段・廊下ふき、玄関掃除、食事の後片づけ、犬の世話といったことだ。

「家族の一員であるということで、年相応の仕事を多少やるなかで、自分の役割を自覚していってほしいと思ってました。やれる仕事をあげてもらって、そのなかで、なにができる？　というかたちで決めました。Cはあまりやりませんでした。たとえば玄関掃除がいやになると、階段のほうがいいからと兄とかわってみたり、かわったら、ふかないんですね。ほこりがたまっても、いつやるかしらという感じで、見てました」

塾通いなどで、最近は、こうした手伝いも子どもにさせない家庭が多いなかで、C家のようなやり方は模範的と言ってもよい。

だが、二人の子どもたちにとって、親が頭で描いたほど、こうしたしつけの方針が理解されていなかったことが、Cの法廷証言ではじめて明らかにされるのだ。

「決められた仕事をやらないとお父さんに怒られた。逃げまわると、追っかけまわして殴られました。痛いというのと怖いというのがありました。四年か五年のとき、文句を言ったら、父はみんなで協力してやるんだ、と言ってましたが、なにを言っているか、わかりませんでした」

新任の女性教師が体罰

「自分ではよくても三級、悪かったら四級しかいかないと思っていたら、二級まで進んでいたので、よくここまでこれたと思います。水泳記録会のときも自分ではいい記録だったし、二百メートルリレーのときもぼくたちが一位になりました。よく二級までこれたと思います。プールに出た回数も多かったし、最後にはもっとプールがあればよかったと思います」

自分の子ども部屋が監禁の舞台となったＣが小学校の卒業記念文集に書いた作文である。

「成績は普通でしたが、宿題が出たりすると、やるのがおっくうなようで、ほんとうにわからなくなるという状態でした。〝教科書持ってきて〟と言っても持ってこず、即答しないと、すぐ怒りました」と母親は証言した。

Ｃは、勉強が苦手だったが、小学校では、水泳や野球に打ちこみ、スポーツに自信を見せていた。

ところが、中学に入ってからは、Ｃのスポーツへの意欲は、ガタガタと音をたてるように崩れていく。

Ｃの通った中学は、「足立の学習院」と言われたエリート校で、有名私立高校への進学率も高かった。

一九八六年度、八七年度には文部省の生活指導研究奨励校にもなった。

教師にとって、その中学校は、教頭、校長に出世していく、いわば登竜門でもあった。

だが、名門校の看板の裏で、生徒にたいする教師体罰が横行していたのだ。

当時の状況を知る教師は語る。

「登校時に生徒を校門のまえに座らせ、髪の毛や、つめの長さをチェック、違反者は親に直してもらわないと学校に入れてもらえない。このため共働きの家庭は再登校できず、登校拒否生徒が、他校より三倍、四倍にもなったんです」

体罰も日常茶飯事だが、とくに英語の教師の一人は生徒に評判が悪かった。

宿題を忘れると、教壇のまえに一列に並ばせ、男子はズボンを、女子はスカートをさげさせて、ものさしで尻をたたいたりした。

一九八九年四月に綾瀬の母子強殺事件で誤認逮捕された少年三人も、この学校の卒業生で、在学中、教師体罰やいじめにあって登校拒否のところを、逮捕された。

東京家裁で無実の冤罪《えんざい》だったと判明したが、三人の後遺症は消えていない。

Cは、中学校でも野球をつづけたかったが、野球部がなく、しかたがなくバスケット部に入った。

放課後三時間の正規練習のほか、毎朝七時半からの早朝練習、日曜日は試合があると夕方まで、といったぐあいで、毎日が部活の練習、試合に明け暮れていた。

顧問は大学を卒業したばかりの新任体育教師。

小柄な女性だったが「強くなるためには、けじめがたいせつ」と、遅刻や、決まりを守らない部員には、飛びあがるようにして体罰をふるっていた。

「一日に一回は先輩が殴られていました。ビンタとか正座一時間以上、二百メートルのグランドを五十周走らされる。新人戦で優勝できなかったら、丸坊主でグランド百周するのが決まってました」と、Ｃは証言している。

たまに練習に遅れることはあっても、毎日参加していたＣが、さぼりはじめたのは一年生の十二月。その女性教師に殴られたのがきっかけだ。

そして中学二年に入って、おなじ学年の仲間十一人と集団退部した。

あらたに水泳部に入部しようとしたが、クラブ主任から「そう簡単に入れてやるわけにいかない」と断られた。

「授業はまじめに出ていたけど、ノートは取らなかった。先生の話はいちおう聞いている感じだったと思いますが、話すことはわからなかった」というＣ。

家庭内暴力の恐怖

部活抜きの生活で、Ｃは虚脱状態におちいった。毎日が〝帰宅部〟になり、授業が終わって帰宅すると、ごろ寝やテレビ、ファミコンに明け暮れ、無気力状態になった。

Ｃから、部活の話を聞いた両親は「学校に文句を言ってやろうか」と言ったが、「そんなみっともないまねはやめてくれ」と、逆にＣに反発され、有効なアドバイスができない状況だった。

成績もどんどんさがっていった。

夏休みまえ、Cは、洋服を買いにいく友だちにつきあった帰り、十五、六人の少年たちとすれ違って、ガンをつけたと因縁をつけられた。

Cたち三人は、公園のトイレに連れこまれ、「金を出せ」と、たばこの火をつけられたり、頭を殴られたりした。怖かったのだろう。

「きちんと警察や学校に届けるよう説得したんですけど、仕返しが怖いと言って届けませんでした。そのことがあって、夏休みには一歩も外へ出ないようになったんです。私が帰ってきますと、家中のふすまやガラス戸が、全部閉めきりの状態で、ものすごく暑いのに、ほんとうにおかしくなったのかと思いました」と母親。

裏ビデオを同級生の家ではじめて見たのも、このころだ。

当時、Cの周りでは、卒業生から裏ビデオを安く買い、親が留守中の家で〝鑑賞会〟が、よく開かれていた。

Cも借りたビデオを子ども部屋で見るようになり、ゆがんだかたちで、性への興味を持ちはじめた。

親の出番だと思いながらも、職場で重責をになわされつつあった母親は、暴力をふるったりして反抗するCと、じっくり話をする余裕がなかった。

Cの母親への本格的な暴力がはじまったのは、中学二年ころからだ。

「おなかがすいているときが多かったですね。食事の不満だとか、なにを買ってきてくれと言って即答しないと怒るということでした」と母親。

Ｃの部屋を掃除して激しく殴られたこともある。バスケット部を退部して無気力になり、なにかにいらだっては、そのほこさきを母親に向けてくるＣ。息子の変化に母親が気がつかないはずはない。

「中学時代は食事もきちんとしていたと思います。ただ、やりがいと言うか、生きがいが見いだせない状態だと思いましたけど。生活の乱れが出はじめたのは、高校に入るまえの春休みごろからで、パチプロで生活できる人がいるとか、遊んで暮らせたらいいようなことを言いはじめました。マージャンは高校生になったら、大人になる必修科目だから、ぜったい覚えなきゃいかんと強調してました」

すごい気が抜けた

成績が極端にさがっても、相談にのってくれる教師はいなかった。

Ｃの記憶では、教師が声をかけてくれたのは、中学三年になってから「おまえ、いつも、だれと遊んでるんだ」「おまえ、高校はどこに行くんだ」と聞かれただけという。

「高校は行くのがあたりまえっていうか、先生が目標つくれって言うから、大工か自動車整備がいいなあ、と思ってました」というＣ。建築科のある工業高校を希望したが、偏差値が低く、進学できなかった。

「おまえの偏差値にあうのはここしかない」と担任から言われ、やむなく選んだのが都立の化学専門工業高校だ。

「合格したけど、心からうれしいとか、そういう気持ちはありませんでした」

卒業後の春休み。Cは就職組の友だちと親しくなった。酒を飲んだり、原付バイクを盗んで乗りまわしたり、夜中にカーセックスを見に外出して、町をふらつきだした。

昼間、女の子を自分の部屋にはじめて呼んだのも春休みだ。

中学の卒業アルバムの住所録にある電話番号を、手あたりしだいにダイヤルして「家にこないか」と声をかけた。

一人の女の子がやってきた。

「二時間近くいたと思う。どうやってセックスしようか考えたり、なにを話したらいいのかわかんなくて、（音楽の）テープを聞いて、それで帰りました」とC。

母親は、そんなCをハラハラしながら見ていた。

「ほんとうに高校に行くのか心配だったんですが、行きはじめました。補欠で入ったと本人は思って、自分はばかじゃないかというようなことを言ってました。実際は正規に入っていて、最後のほうでもなかったようです」

父親にも相談したが「学校に行きはじめたから大丈夫だろう」と、父親は、いつものように真剣に取りあってくれなかった。

Ｃの高校は、大正時代、化学工業の中堅技術者養成を目的に設立された、都内では唯一の化学専門工業高校だ。

「高校では（教師に）暴力をふるわれることもなく、楽だというか、すごい気がぬけたというか、そんな感じでした。勉強はついていけませんでした。化学とか英語がわかんなかった。五月の終わりからやめようかなと迷った。学校へ行っていない友だちと遊んでから、ひきずられるというか、外で遊んでいるほうが面白いと感じるようになりました」

Ｃは、高校に通いはじめた四月から髪の毛を脱色した。

アルバイトをして留守中の兄のところへ来た友だちとＣは出かけ、外泊もはじまった。

「友だちのお母さんから〝今日、泊まりますからよろしく〟という電話があったんです。こちらは、泊まるのを知らなかったわけですね。〝じゃあ、よろしく〟って答えたんですが、どうも家にはいなかったようです。ちょっと、口実じゃないかと思いました」

そのころから高校も遅刻するようになる。

「だんだん時間がのびてきまして、一時間、二時間とか。それがつづいてきますと、勉強もわからなくなってきたようで、六月の終わりころからは行かなくなりました。七月初めの期末テストだけは〝出席日数も取れるからかならず行きなさい〟と行かせましたが、成績はひどいもので、本人はがっくりしていたと思います」

そんなＣは、教師の目にどう映っていたのだろう。

「長身で目につく子でしたね。どこに視線がいっているのか、うつろな目が印象に残っています。いつも教室でポツンとしている感じで、やめるときもスーッと消えるようにいなくなってしまいました」

母親に顔面パンチ

「一度決めたことはつらぬき通してほしいという考えでした。だけど、学校のガの字が出ましても、夏休みの後半になると、怒りはじめる状態で、私としては、まともな話ができない状態になってました」

母親は、高校はつづけてほしいと、Cを説得しようとしたが、Cの家庭内暴力が、いつ爆発するかもしれない恐怖感がつきまとった。

「本人に言うとあれですので、うちに来ている、一年上の子たちに〝Cは、こういう状態だけど、あんたたちはどう思う?〟と聞いたり、なにか助けてもらえば、親の言うことより、先輩や友人のほうを聞くような年齢になってましたから。そういうかたちで助けを求めました」

八月十三日から五日間、父親は二人の息子を連れて、田舎に出かけた。直前まで、しぶっていた二人だが、知人の車に便乗できることになり、急きょ、行くことが決まった。

「その旅行で、父親にお願いしました。休み中は、正念場だから、きちっと話しあって、今後の方向を決めてほしいということで、送りだしました」

そうしたかいもなく、Ｃは新学期の九月に退学届けを出し、高校を中退してしまう。

「九月の段階では、仕事を探していたようで、アルバイトニュースを買って見てました。十月一日からぜったい仕事をするからパズルを買ってくれと言って買いまして、ほんとうに一日から仕事をしてくれるのを楽しみにしてました。けっきょく、仕事はしませんでした」

逆に、Ｃの家庭内暴力はエスカレートしていく。

女子高生が監禁される半月前、母親はＣの暴力に耐えかねて家出した。そして二日前には、あざができるほどの顔面パンチをくらっている。

「女の子を強姦した疑いで警察の取り調べを受けたときだと思いますけど。家に帰ってきてから、私におなじような質問をするわけです」

Ｃは、刑事との問答をくり返し、母親におなじ質問をして、答え方がまずいと母親を殴った。

母親は、家を出て、知人の家に身を寄せた。

「最近のＣの行動が、どうもおかしいし、夜も出歩くようになっていたので、父親と子どもとよく話しあってほしいと思いまして、しばらく知人の所にいるつもりでした」

家では大騒ぎとなり、父親は、母親の行きそうな所に電話した。居場所がわかって、母親は夜中に帰るはめになった。

このとき、Ｃの兄は、母親の写真を持って駅に行き、聞いてまわったりした。

顔面パンチをくらったのは、十一月二十三日のことだ。

「それは夜だと思います。衣服代のことで、皮ジャンを友人から二万円でわけてもらえるという話でした。私じゃなくお父さんからもらいなさいというのが気にくわないようで、そのときはひどかったんですね。逃げても追っかけてきて。顔をやられました」

このとき、母親はCの暴力に耐えきれず、はだしのまま外に飛びだし、何百メートルも逃げた。あざが消えるまで、眼帯をして出勤した。

母親は、こんなときにこそ父親に毅然たる態度を取ってほしいと思ったが、あいかわらず父親は、「暴力はいかん。話しあうべきだ」と、Cをさとすだけだった。

逆に「おまえが小さいときにやったことだ」とCに怒鳴られ、反論できなかった。

それほどCの心には、幼少時から小学三、四年にかけて、父親から受けた体罰が深い傷となって残っていたようだ。

「子どもの問題で、こんなことがあったということを言いますと、聞いたとたん、二階にあがって怒るということが、年に一度じゃないけど、ありました。そういう怒り方はしないで、コミュニケーションを図るようにしてほしいと、小学校高学年のころは言いました」と母親が証言しているように、父親は月に一、二度は、酒の勢いを借りて、子どもたちに体罰をふるった。

あるときは、母親の話を聞いたとたん、二階にかけ上がり、寝ているCをたたき起こして、怒った。

Cが寝ぼけまなこで、ふてくされた態度をとると、それが許せないと平手で殴る。泣き叫ぶと、こんどは首根っこをつかみ、夜中でもぞうきんがけをさせた。罰として近くの公園の周りをマラソンさせたこともある。酒のにおいと、にらみつけるような父親の目に、Cは反省する余裕もなく、ただ恐怖心から決められた家事分担をするようになる。

ところが父親は、Cが小学五年になったころ、体罰をピタリとやめた。「子どもと対話ができるようになったら体罰は意味がない」というのが父親の持論だが、「体罰はぜったいいけない」と書いてある教育書を読んで、実行に移したという。

Cの家庭内暴力が激しくなっても、この考え方は変わらなかった。

中学二年のころ、Cは、父親をはじめて殴った。

「お母さんと言い争っているとき、口出しして、お母さんの味方をするように見えたので〝いちいち、割りこまないでくれ〟と言って殴りました。当時、お父さんは、暴力はいけない、ということを言っていたので、殴りかえしてこないと思いました」とC。

Cに暴力をふるわれても、父親は「もっと殴れ。いまにわかるときがくる」と、自分の顔を逆に差しだすようになっていた。

このようにしてCの家庭内暴力は、歯止めが効かなくなり、Cの部屋は親が立ち入れない「聖域」になっていったのだ。

仕事に逃げる父親

東京の下町を縫うように流れる隅田川。

東京湾近くの、この一帯は「ウォーターフロント」と呼ばれ、再開発のオフィスビルや高層マンションの建設がさかんだ。

Cの父親が事務長として働いていた診療所は、川岸に近い町工場が密集した一角にあった。入院設備はないが、七つの診療科目を備えた大きな診療所だ。

一日も欠かさなかった酒

「当初、男は四人で、病院が大きくなるにしたがって、事務の中核的な役割をしていました。勤務時間は決まってますが、時間外が多かったです」

父親が証言台に立ったのは一九九〇年一月十九日。

母親の証言のあとだけに、法廷の視線は父親の背中に集中した。

「子どもが生まれたときはうれしかったです。子どもが大きくなったときに、父親として非難されないように生きたいと思いました。共働きということもあって、日曜も仕事に出ることもありましたが、日曜日にはできるだけ、子どもといっしょになる機会をもとうと、上野動物園に行ったこともあります。子ども二人と私がいっしょにいたのは、小学四年ぐらいまでで、子どもたちも大きくなって自分の友だちを優先的に考え、私も仕事が忙しくなり、仕事を優先したと思います」

父親は、子どもとの関係が疎遠になっていく理由を、こう語った。

実際に、事務長という仕事は、経理部長、総務部長、そして渉外部長を兼ねたようなもので、そのうえ、父親は宴会部長もこなした。

地元の町内会の会合に顔をだし、夜の酒席も断ることがなかった。

心臓病で二回入院した日以外は二十五年間のサラリーマン生活で一日も酒を欠かしたことがないのが自慢だった。

仕事のストレス解消もあって、残業が終わると、かならず酒屋の立ち飲みで、酒と焼酎をひっかけ、家に帰るのは、いつも午後十一時を過ぎていた。

「酒を覚えたのは学生時代ですが、本格的に飲みだしたのは働いてからです。一日に日本酒で五合から六合ぐらいかもしれません。気持ちのうえでは元気にふるまってましたが、過労ぎみなことは多分にありました」

悪いことに、Ｃが「高校をやめる」と言いだしはじめたころと、母親が看護士主任に昇格した時期とがかさなった。

ベテラン看護士として若い看護士の相談にのったり、患者の命にかかわるケースにも遭遇したりして、母親は、心身ともに疲れきっていた。

母親は、ことあるごとに父親に助けを求めたが、父親のほうも、薬局部門を診療所から独立させる重責を背負わされていた。

「事務の担当が私だけで、全体を見なければならず、ミスは許されんということで、緊張もストレスも確かにありました」

父親は「男だから放っておけ。おれも疲れてるんだ」と家に帰っても酒をあおった。

「母親は私に悩みとかを話したと思いますが、酒を飲んで夜、聞くということで、翌朝になると、なにを聞いたか忘れることが多々ありました」

おなじ職場で、父親が無理をしている姿を見ているのだろう。

孤立無援状態となった母親は、神経をすり減らし、自分の診療所の神経科を訪ね、神経疲労と診断された。

だが、父親は「必死になって訴えていましたが、イライラしているのは病気だから、病院に行ったほうがよいと言ったことがあります」と証言したように、その程度にしか、事態を把握していなかった。

母親と同じ認識に立てば……

そんな父親に業を煮やした検事と三人の裁判官は、父親を質問攻めにした。

検事　酒の勢いではなく、必要と思ったから体罰をふるっていたのですか。

父親　そうですが、子どもにとっては、酔っぱらって暴力をふるうぐらいにしか考えてもらえなかった。酒のうえの暴力は教育上はよくなかったと思います。

検事　C君が、小学五年ころに体罰をやめたあと、行動で悪いところがあったら、きちっと話して聞かせることはしたのですか。

父親　それは考えていましたけれど、結果的には、そういう機会をもつことが少なかったというか、親自身の努力なしにできなかったと思ってます。

検事　話して聞かせようと思ったが、本人が聞かなかったのか、それとも暇がなかったのですか。

父親　話せば、まだ四、五年のときは、話すことができたと思います。本人自身も話せばのってきたんじゃないかと思います。そのチャンスを親の都合というか、逃がしたと考えています。

検事　奥さんの教育のしかたはどう思ってますか。

父親　教育の面はしっかりしていたと思います。私ができない部分を、父親にかわるようなことでの対応というのは母親のほうが。子どもの進路やクラブの退部の問題でも、私以上に相談にのっていたと思います。

検事　親として、Cの生活態度が乱れている、なんとか立ちなおらせたいと心配していましたか。

父親　私自身、中学、高校時代に、そのような友人を見てますし、報道でも家庭内暴力や思春期の問題が取りあげられ、そういう変化はあるだろうと。また、友人のあいだで、一度ぐれた人間が立派になっている例もたくさんありますし、葛藤をしているというか、そう深刻に私自身は受けとめてませんでした。

検事　あなたは事件後に酒をやめたそうですね。どういう考えでやめたんですか。

父親　やっぱり酒のうえの過ちというか。夫婦の会話でも、酒を飲んで会話をして、翌日、どういう会話をしたかという記憶をなくしてしまうことでは、まずいということもあったし。やはり、謹慎の身であることで、私自身がいちばん厳しい条件を自分自身に課したいという気持ちもありました。

裁判官（右陪席）　奥さんから協力を求められたことがありましたね。実際にやられたことはなんですか。

父親　そのへんで、子どもとの話しあいというものは、したいと思っていましたが。結果的にはそれができなかったし、ただ、できるだけ早く帰ってほしいということもあって、それもなかなか実践できませんでしたけれど。結果的には協力できなかったと思います。

裁判官　あなたの養育方針を見ますと、小さいころは厳しいしつけとか、暴力はいけないとか、自主性を尊重するとか、それ自体は立派ですが、結果的にはマイナスにはたらいているような気がする。育て方で、どこが間違ったと考えたことがありますか。

父親　きちっと子どもとの定期的な生活リズムにあわせながらするなかで、いっしょに子どもとの生活を見ていって、子どもの成長にあわせた対応のしかたが欠けていたと思うし、成長に見あった対応を努力すべきだったたと思っています。

裁判官（左陪席）　奥さんから相談を受けても、深刻に聞いていなかったということですか。

父親　私は、そういうふうに深くは認識しきれなかったと思っています。相談は確かに受けてましたけれど、私自身が、ちょっとオーバーじゃないかなと、オーバー気味に話しているんじゃないかなあ、という感じにとらえていたと思っています。

裁判官　家庭内暴力にたいして父親としてどう対処すればよいと思ってますか。

父親　まず、暴力は、やはり、暴力をやめるというふうなことでの……。あと痛みとか、そういうものをわかってほしいと、ようするに弱い者にたいする、その暴力というようなものは否定していきたいと、私は思ってます。たぶん、そういうふうな話をするんじゃないかと思います。

裁判官　体罰をやめた理由を説明したことがありますか。

父親　あります。いろんな例を出したと思いますけど。暴力についても、戦争の話からはじまって男性が女性にたいする暴力とか、強い者が弱い者にするとか、やはり、そういうものにたいしての話はしたと思います。

裁判官　過去にふるった暴力については、どう説明したのですか。

父親　あやまりました。お父さんが子どものときに、おまえたちにやったのはあやまる、まちがっていたと、あやまりました。
裁判長　あなたは二人をどういうふうに育てたいと思ってましたか。
父親　子どもたちには平和と健康で、すこやかにのびのび育てたいと思ってました。
裁判長　強弱の違いはあれ、期待は持っていたんでしょう。自分以上に育ってほしいということは。
父親　もちろん、親を追いこして成長してほしいというのは。
裁判長　共働きで、父親として気をつけたことは。
父親　私自身は、共働きで、どちらも夜勤などがあれば、やはり早くと言っても、勤務時間が決まってますから、そういう機会は努力してやったつもりですが、母親から見れば、十分じゃなかったと。私自身は十分というか、精いっぱいやってきたつもりですけど。やはり不十分だったんじゃないかと思っています。
裁判長　小学校高学年、中学時代の教育問題を奥さんに任せちゃったということはありますか。
父親　実態としてそうですが、よくPTAの授業参観には、小学校時代もよく行きましたし、中学のときも、二人ですから、かけもちで行ったことはあります。
裁判長　奥さんが眼帯をしたり、家庭内暴力が激しくなっていたのに、実力行使は父親としてしなかったのですか。
父親　しなかったです。

裁判長　体罰は理由のいかんを問わず、だめだという考えですか。
父親　当時もそのように思っていましたし、いまでもそう思ってます。
裁判長　奥さんの立場からいうと、夫であるあなたが、子どもへの対応を逃げちゃっているという不満をもっていたという感じはありませんか。
父親　やっぱり、そのように映ったんじゃないかと思いますが、私自身は、そういう気持ちはありませんでした。
裁判長　高校の進学問題で、どの程度、Ｃさんと話しあわれたのか。
父親　そのとき、私は、ほとんど進学問題には接触なかったと思います。
裁判長　高校中退したことで、父親の立場でＣさんと話したことはありますか。
父親　話しあったことはないんですが、まあ、フォローは足りなかったんですが、学校へ行くことだけが人生じゃないという話はしたけれど、その後のフォローはしてません。結果的には、なにもしなかったような。
裁判長　じゃあ、ちゃんとした仕事につくかどうかという問題を、ひざづめで話しあったことはないんですか。
父親　ないです。
裁判長　いま、ふり返って、父親として、あの段階で、こうしておけばというか、自分なりに悔やんでいることがありますか。

父親　やはり、母親が指摘していたおなじ認識に私自身が立って、行動していたら防げたんじゃないかと思うと残念でなりません。

父親が証言しているあいだ、そのうしろの被告席では「なんといっていいかわからない。ばかなことをやった……」と泣いたCが、身動き一つせず、父親の言葉に耳を傾けていた。

第2章　父親役に疲れて

妻と子を棄てた父親

「被告人Bは、被告人らのグループではナンバー2の立場であり、Aの指示を受け、あるいは独自の判断でC、Dを指揮するなど、Aのいわば片腕的存在であった」

論告求刑公判で、検察側は、Bをサブリーダー的存在だとして、無期懲役のAに次ぐ十三年という厳しい有期刑を求刑した。

Bは、主犯格のAの一年後輩だが、自分の部屋を監禁場所に使われたCとは一年先輩の関係にある。

B自身も、八九年九月二十一日の第三回公判で「CとかDといるときはぼくがリーダーで、A先輩がいるとA先輩が全部決めて、ぼくはなにもしなくなります」と、サブリーダー的存在を認めるような発言をした。

一八〇センチを超す長身。検事や弁護士の質問には、太い声で、はっきりと答えるBだ。

そのBとは対照的に、Bの母親（四三歳）は小柄だが、若く見える。

Bは、裁判のはじまる二カ月前に東京少年鑑別所から東京拘置所に移された。それから、母親は、毎週三回の面会を欠かしたことがない。

「面会に行くと〝ありがとう〟という感じじゃないですけど、手紙には綿々と書いてくるんです」

便箋《びんせん》には、整ったボールペンの大きな字で、Bの心境が書かれている。

以前は、汚い字で内容もなかったが、最近は自分の心の内を伝えてくるようになった。

「前略。

お母さん、今日の午後、弁護士の先生が面会に来てくれました。話したことは、つぎのぼくの尋問のことでした。

あまりはっきりしたことは話しませんでしたが、自分の考えていたことに裏づけができたような気がします。

この事件で、ぼくに大きな責任があるのは、自己中心的な考え方にあると思います。

自分の考えや思いこみだけで、人の考えていることを判断していたことや、人の痛みのようなものも勝手に判断していました。

そのときの自分の考えを思い出しても事件当時、自分はあまり悪いことをしているように思っていなかったと思います。

それはほんとうに怖いことだと思います。

もっと冷静に客観的にものごとの現実や相手の人、ほかの人のことをみることのできる力をつけなければならないと思っています。

（後略）

平成二年四月四日　B」

母親は、息子の手紙を読みかえすたびに、目に涙が浮かび、事件を悔やむ言葉が口をついて出てしまう。

「ほんとうに申しわけないという言葉だけでは足らないですけど、現実には自分の子どもが生きているっていうことのありがたさを感じてます。本人もずいぶん、大人になってますし、このことがなくて大人になってくれたら、どんなによかったろうと思うと……」

〝死んじゃおうよ〟と母親

高校を卒業して都内のデパートで働いていた母親が、一つ年下の父親を知ったのは十八歳のときである。

職場の先輩のデートについていったら、待ちあわせ場所で、先輩の彼氏から紹介されたのが父親だった。

それから三年の交際ののち、若いカップルが誕生した。父親は二十歳、母親が二十一歳。一九六七年九月のことだ。

「最初は主人の母親と同居しました。結婚して一年目に長女が生まれ、主人とはうまくいってました。姑との仲も狭い家でしたので、ぎくしゃくしたところはありました。主人に相談したりしました。主人はよく聞いてくれたところもありましたけど、面倒がって聞いてくれなかったこともあります」

父親は運送会社の配達員で、新居の都営アパートは六畳と三畳の二間。

給料は少なかったが、洋裁のできる母親は、内職で月に四、五万円は稼ぎ、日曜日には一家で食事にでかけた。

「小さいとき、将来の家庭について、お父さんがいて、お母さんがいて、子どもの成長を喜ぶ家庭にしたいと思っていました」

その母親の夢にかげりが出はじめたのは結婚して四年目、Ｂが生まれて一年後のことだ。

「あの子がお腹にいたときは夫婦関係も安定していました。そんな悪い関係でもなかったんです」

母親は、父親の浮気を知ったのだ。

「それまではまっすぐ帰ってくる人だったんで、すぐわかっちゃったんです。電話がかかってきて〝今日遅くなるから〟って。いつもなら、居場所を言うのに〝ちょっと遠く〟と言うだけで、おかしいなと思っていたら、会社の人から電話がかかってきて〝仕事ではないはずだ。ここへ電話してみたら〟って行きさきを教えてくれたんです」

電話したら「奥さんと食事されて帰られました」という返事。

その晩、帰宅した父親を問いつめると「会社の事務員といっしょだった」と、父親はあっさり、浮気を白状した。

それから父親の朝帰りがはじまった。

そのうち週一、二回は帰ってこなくなり、夫婦げんかがたえないようになる。

幼稚園児だった姉（二〇歳）は、当時を鮮明に覚えている。

「お父さんが帰ってこなくなってから、だんだん、私たちにも、それがわかってきて、けんかがものすごく多くていやでした。夜中に寝床で目を覚ますと、父は大きな声で怒鳴っていて、いつも泣いているのは母なんです。〝お願いだからけんかしないで〟って言ったんですけど……」

女性問題で夫婦関係が冷えこんだところへ、同居の姑との関係もきしみはじめた。

Bが夜泣きすると、姑がふすまを開けて入ってきて、Bを抱いてあやす。

姑が起きれば、母親も起きないわけにはいかない。

「夜も眠れない感じになってしまって。〝広い家じゃないから、眠れるように話してちょうだい〟って頼んだら、〝起きてくるな〟みたいな言い方になって。それで親が怒ったら、主人が逆に親を引っぱたいちゃったんですね。そして〝年寄りをたたかしたのはおまえだ。やらなくてもいいことをやらされた〟って私のほうに向かってきて……」

それでも母親は、一時の浮気と受けとめ、一生懸命尽くせば帰ってくると、手料理の品数を増やしたりして、父親の帰るのを待っていた。

「お酒は飲まないんですけど、テーブルにいっぱいおかずがないと満足できない人でしたから。サラリーマンですから、給料は安かったけど、持ってくれれば〝ご苦労さま。ありがとう〟と言って。足りない分は、私が衣服のまとめなどの内職をして。日曜日には〝お金あるから、ごはん食べにいこう〟って」

そうした母親の努力のかいもなく、父親の外泊の数は増えていく。

「主人は遠のくばかりで、いらだちはありました。人にも会わないし、会話もしたくなくなる私の性格のため、子どもが話しかけてきても返事をしなかったり、暗い雰囲気だったと思います。それが子どもに強い影響を与えたと思います」

Ｂにとって父親のいない生活は、つらかったのだろう。

「ぼくが優勝すれば、お父さんが帰ってくるかもしれない」と、テレビ局主催の幼児相撲大会に出たのも、このころだ。

そんな生活が、五年もつづいた。

しまいには、父親は給料日にも帰ってこなくなり、翌朝、母親は会社まで取りにいった。

その途中、駅でばったり相手の女性と二人連れで出勤する父親に会ったこともある。

夫婦の関係が決定的に破局を迎えたのは、Ｂが小学校に入学する直前だ。

一週間ぶりに帰ってきた父親は服装をすべて着がえていた。

「〝着がえさせてくれるところがあるんだったら、そこへいったら〟って。こっちも頭にカチンときますよね。そこで、どう出るかなって、かけひきのつもりで言ったんです。そしたら、そのまま出ていって、どこに行ったかわからなくなったんです」

一カ月後に、父親から生活費が送られてきたが、母親は自殺ばかり考えていた。

「父がいなくなってから、母は〝自殺しよう。死ぬ死ぬ〟と。〝死んじゃおうよ。生きていたっていいことないよ〟って。〝そんなことといやだ。やめて〟って弟と泣いて。薬局におつかいに行って、母が書いた紙をだしますよね。そうすると〝これは売れない、睡眠薬だ〟って言われて。帰って〝なんで飲まなきゃならないの〟って言うと〝死ぬのよ〟って。そのたびに〝お願いだからやめよう〟って母と弟と三人で泣くんですよ」

姉は、暗い思い出を語った。

おまえとは縁を切る

Bの父親が、交際相手の女性と同居をはじめたことで、母親との夫婦関係は、完全に破綻《はたん》した。家庭裁判所に子どもの養育費の分担を求める調停を申したてたが、父親の収入が低いため認められたのは月四万円。

いまの日本社会では、離婚のしわ寄せは女性に集中しがちだ。

とくに子どもを抱えて、特別な資格を持たない女性が、男並みの収入を得るには、水商売しかないのが現実である。

「最初は生活費として月十万円ほど送られてきましたが、一年もつづかず、近所の喫茶店にパートで勤め、そこのママさんの紹介で、昼は建設会社の事務所、夜はサパークラブで働いたんです」

建設会社といっても、母親と社長の二人。事務所もマンションの一室で、仕事は電話番だった。

「昼は事務所にいて、いったん家に帰って、ご飯のしたくして、食べさせて、夜の仕事に出ていく。半年くらいつづいたけど、もうくたくたになって。それに、建設会社といっても女一人でしょ。朝行ったら社長が寝てたんです。トイレに行ったら、社長が入ってきて。そんなことがあって、夜の仕事だけにしたんです」

そのサパークラブの勤務時間は、午後八時から午前四時まで。

経営者の方針で、仕事中は座ることは厳禁、店では立ちっ放しだった。

「始発電車で帰り、朝ご飯食べさせて、寝ると疲れてるから夕方まで寝ちゃって。月二十万円ほどもらいましたが、お金いらないっていうくらい疲れましたね」

そんな母親を、小学二、三年だったBは、どう受けとめていたのだろう。

「夜はお姉さんとぼくだけで、朝と学校から帰って仕事に行くまでのあいだに（母親と）顔をあわすだけになりますが、いつも怒られていました。口うるさいだけでなく、靴べらとか掃除機の先とか、布団たたきでたたかれました。今日は機嫌がいいなと思ったり、（ショックだったのは）施設に入れると言われ電話をかけられたときでした」

近くに住む父方の祖母の家に行こうとすると母親に「なんで行くんだ」と怒られた。

「厳しくしかるのは、人に迷惑をかけたりしないようにと。しつけの面で厳しかったと思います。

女手ひとつで育てるので、子どもになめられてはという気持ちもあったと思います」と母親。

たまったうっぷんを、Ｂは学校で晴らすようになる。

「三年のとき、自分が思うようにいかなかったりすると、ぼくはよく同級生を殴ってました。いま、考えると、自分勝手というか」

小学四年になって、Ｂの暴力をやめさせようと、いじめっ子の劇をクラスで上演することになった。

いじめの主人公の名前は、Ｂと一字違いだった。

「ぼくが暴力をふるったりして、みんなをいじめるという話で、それでぼくを直そうとクラスのみんなが立ちあがるという劇というか」

この劇がいやだったＢは、その夏、久しぶりに海水浴に連れていってくれた父親が忘れられず、厳しい母親から離れたい気持ちも手伝ってか、父親の家を訪ね、いっしょに生活することになる。

新しい女性とのあいだには一歳半になる異母弟がいた。

「おばさんは弟ばかりをかわいがり、差別されているようでいやだった。どう話していいかわからず勉強ばかりしていました」

けっきょく、父親の家庭にもなじめなかった。

三カ月後の十二月中旬。

夕方の帰宅時間に遅れて、父親に「外にいろ」と怒られたのをきっかけに、母親のもとに戻ってしまう。

母親の家に入れないで、自転車置き場にいるところを、近所の人に見つかった。

捜しにきた父親は、息子にたいし、どちらの家に住むかをはっきりするように迫った。

「私は、子どもにたいして逃げ道をつくりたくなかったんです。自分が悪いことをしたからと言って、逃げていたり。だから〝おまえとは縁をきる〟と言ったんです。子どもには冷たく思えたでしょう。そのときに、言葉でしゃべったんですけど。あいつは黙っていた。子どもだから頼ってくれれば、面倒みてやると思ってたんですよ。子どもには、そういうの、わからないですよね」「縁をきる」という父親の言葉を、Ｂはまともに受けとめ、ほんとうに父親に捨てられたと思った。

孤立感をいっそう深めていった。

〝家族〟への憧憬

最初のサパークラブが倒産したため、母親はべつのクラブに移った。

Ｂが小学四年のときだ。

「私、自分で言うのもおかしいんですけど、六年間トップで、二位に落ちることはありましたけど、つぎの月はまたトップになって、落ちたのは何回もないんです。この商売に入るまえは、汚い商売と思ってましたけど、そうじゃないんですよ。体の関係なら、お客さんは長つづきしないし」

売りあげが一万五千円以上だと指名料二千円が入った。指名がトップだと毎月三万円、皆勤賞は二万円と、金ほしさに働かされるしくみだ。

「辞めるときには惜しまれて辞めるのが人間的に、いいなって。トップについたらトップから落ちられない。若い子ばかりですから、年だからって言われるのもいやで」

負けず嫌いで、なんでもきちんとしないと気がすまない母親は、そのクラブを辞めるまでの六年間、ナンバーワンを通しつづけた。

「勤務は、一分遅刻すれば一時間分引かれちゃうほど厳しいんです。一回でも遅刻すれば皆勤賞がもらえなくなるし」

同伴といって、客といっしょに店に入ると、一回二千円の同伴料が入った。

同伴はたいてい、店のはじまるまえに、客と食事をするのが普通だが、母親は日曜日でも客から誘いがあればつきあった。

指名してくれる客への盆暮れの付け届けも百件を超えた。

「メインな個人的なお客さんには、誕生日覚えてて、〝誕生日でしょ〟って電話して。覚えててくれたって喜んでくれて。辞めるちょっとまえは、六十万ぐらいもらってましたね。そのかわり、つけもありました。自分で請求書だして自分で回収する。それで穴も開きました。いまだに借金ありますけどね。人並みの生活はできたと思います」

母親の血のにじむような努力のおかげで、経済的には人並みの生活を送れるようになった。

だが、そのしわ寄せが、母子のコミュニケーションギャップというかたちで表れてくるとは、当時の母親には想像できなかった。

「息子が法廷で〝小学二年ころからいっしょに食事したことがない〟って言ってましたが、ほんとうにいっしょに食事する暇はなかったです。朝は子どもたちに、ご飯食べさせてだしますよね。夜は時間にせかれて食べた気しないですからね。作って、食べさせて、そしてでていく。私は食べたり、食べなかったり。つまみ食いで終わったり。だから三人いっしょにテーブルについて、ゆったりと話をしながら食事をするということはなかったです」

クラブに勤めて五年目。母親に結婚話が持ちあがった。

相手は店の客。

内縁関係の女性がいたが「その女性と別れるから」という男の言葉を信じ、子どもにも引きあわせた。

「私は水商売は向いてないんです。毎日が疲れるし、時間にも追われて。この仕事を一生つづけるわけにもいかないし。私の友だちも結婚して家にいてうらやましいと思いました。そういうことを考えて、結婚して家にいさせてくれるならって」

男が購入してくれたマンションに引っ越し、あとは男といっしょに生活をはじめるばかりだったが、夢に終わった。

男は、会社の金を横領した疑いで逮捕された。マンションの金もクラブの支払いも、その金をあてていたと自供した。

寂しさから女の子とセックス

こうした母親の苦労を察してか、Bは、反抗はしなかった。

中学に入学すると、部活はバレーボール、そして陸上にも熱中した。

「クラブが終わってもいっしょに走ったりしていました。目標を考えて生活していたと思います」

そんなBの生活が崩れだすのは中学二年の冬。友だちの家族といっしょにスキーに行き、左足のスネを複雑骨折したことがきっかけだ。

「ぼくは、二年生の三学期頃に、家族でスキーに行こうといって、スキーに行くことになりました。陸上部の連習があったのでそのクラブの休みをみつけるのが、とても難しかったと思います。みんなでスキーに、いったはよかったんだけどゲレンデで滑っている時に女の人に、つっこまれて足の骨をおってしまいました。それは、腹雑に骨折して手術してやっと直りました。入院して二カ月でその他にも、つえをついていたので三カ月ぐらいかかりました。その事が原因となりクラブをやめることになりました」（原文のまま）

Bが高校に進学して書かされた「中学時代の思い出」という作文だ。

Bの家族は、母親も姉も参加していない。

実際は、親しい友だちの家族に連れていってもらったのだが、Bは一度も味わったことのない家族団らんの寂しさを、こんな屈折したかたちで表現していた。

息子が骨折して手術したのに、このときも母親は、〝ホステス戦士〟ぶりを発揮して、仕事が大事と、看病もそこそこにクラブにかけつけた。

「一分遅刻すると十五分単位に、一時間引かれちゃうんですよね。遅刻で引かれるのが、すごくいやなほうなんで。麻酔が覚めるか覚めないかのうちに〝仕事へ行ってくるからね〟って言って、それが、よくなかったなと思うんですけどね。寂しかったのかな。休んでいてやるべきだったのかな」と母親。

Bは、そうした寂しさをまぎらわすため、一年上の女の子とつきあいはじめていた。

「相手は、三年生です。優しい子で、片親の家庭でした。塾を終わったら毎晩、その子の家に行って会ってました。いっしょにテレビを見たりして」

小学校時代は、地域のリトルリーグで野球を、中学時代にはバレーと陸上と、スポーツに打ちこんでいたBにとって、骨折は、その後の生き方を大きく変えた。

「入院して筋肉が落ちたというか、ランニングしていたんですけど、どうしても左の筋肉がつかなくなって。スポーツができなくなった。勉強もあきらめたというか、最後に残ったのが、けんかするしかないと考えたと思います」

Bは、中学に入ってからは、やめていたけんかをふたたびはじめた。

「中学の仲のよかった友だちから頼まれてやるけんかが多くて、すっきりすることはありませんでした。けんかをすれば友だちが増えると思ってました。でも、それは、ただ服従させることでしかなかったということで、当時は、わかっていませんでした」

つきあっていた一年上の女の子は、受験で忙しくなり、入院を機に会わなくなった。

部活をやめ、無気力になったBは、三年の夏休み、同級生の女の子と交際をはじめ、ホテルで性体験をした。

「友だちみたいな感じでつきあい、セックスしました。毎日会って、学校が終わると、ずっといっしょにいました」

〝殺してやる〟と首絞める母親

二年までは中位だった成績もさがり、高校受験のころは、授業にもついていけない状態となった。

「テストなどで合格ラインより上だったので、都立だったら、商業とか工業なら受かる、どこでもいいと思ってました」

Bは、学科にこだわらず、都立高校ならどこでもよかった。

「頭脳労働者は暑いときに涼しいとこで仕事ができる。肉体労働者は、暑いときに暑いとこで仕事しなきゃいけない。人間的に頭脳労働者のほうがいいに決まっている。一生懸命やりなさいよ。そのために私は働いているんだから」

こう言うのが口ぐせだった母親は、大学へ進学してもらいたかったのだろう。中学の進路指導では、普通高校に執着した。

Ｂの偏差値では、都立の普通高校は無理だと教師に言われ、母親は、Ｂの進学先を、野球や柔道が強いスポーツ校である地元の私立の普通高校に決めてしまう。

それも、ブラスバンド部に入部することを条件にした推薦入学だった。

「音楽に才能がないのはわかっていましたが、中学浪人だけは避けたかったので、無難な道を選びました。先生に言われると、先生を信じるしかなかった。子どもより先生を信じてしまいました」と母親。

こうした母親のやり方に、Ｂは文句を言わず、したがった。

「お母さんにしたがうというふうに思ってました。小さいときから、したがっていたからです。都立に行きたいと言いましたが、確実じゃないとだめと言われて……」

高校に進学したものの、Ｂには熱中するものが見つからなかった。

授業には出席したが、ブラスバンド部には、ほとんど顔をださなかった。

たまに行くと「なんでこないんだ。おまえ、やりたくてやってんだろう」と、顧問の教師に怒られた。

一学期の終わりに、野球部と柔道部の部員六人に、校舎の裏に呼びだされ、集団リンチにあった。けんかが強いことをほこりにしていたBにとって、それは屈辱的な出来事だった。

「突然、殴られたり、蹴られたりして、途中でわからなくなって、気絶したような感じになりました。なんでやられたか理由はわかりません」

高校側は、リンチを加えた生徒と親を集め、Bに謝罪させた。

だが、Bにとっては、母親が勝手に決めた高校なんだという思いが抜けなかった。

しかも、リンチでたたきのめされたという挫折感も手伝って、Bは、どうしてよいかわからず、登校はしても、早退をくり返すようになっていく。

事件後、野球部と柔道部の顧問の教師に目をつけられ、校門指導のたびに学校に残された。

「おまえ、やる気がないんだったら、やめろ」と、厳しく責められた。

高校を早退したBは、中学時代の友だちのたまり場となっていた喫茶店で暇をつぶすようになる。そこに行けば、だれかがいた。

すぐに、その店でアルバイトをしているウエートレスと仲良くなり、つきあいはじめた。

厳しい母親から得られなかった母性を年上の女性に求め、甘えの対象にしたのだろう。

彼女は、高校は違ったが、一歳年上だった。

「母が、いつもイライラしている、そういうのがいやだった。それとは逆のタイプの女性を求めました。ぼくの言うことを全部聞いてくれるというか。その女の子とは、バイトが終わったら、ずーっといっしょにいました」

彼女は、登校拒否ぎみになりかけたBを高校に行かせようと、朝は、家の近くで待ちあわせ、学校の途中までつき添ってくれた。

朝、Bが起きられず遅れると、彼女はBの自宅まで迎えにきた。

九月のある日。秋雨の降る朝だった。

「ぼくが学校に行かなくなって、その子が迎えにきてくれて、やっぱり学校へ行こうと思って、着がえるから、その子を家に入れようとしたら、お母さんが〝殺してやる〟と怒りだして、（ぼくの）首を絞めてきました。いままでけんかしても、首絞めることはなかったので、ほんとうに（殺されると）そう思いました」

当の母親には、彼女が息子を学校に行かせようと心配してくれている、という認識がなかった。

「息子の彼女だっていう意識がなくて。朝からうろうろして、遊びじゃないかって思ったんです。息子と取っくみあいになって……」

この出来事がきっかけで、Bと彼女との仲は気まずくなり、二人は別れてしまう。

警察に売られた

Bは、母親に彼女との関係を壊されたと恨み、反抗するようになっていく。

「なにか言われたら、壁をたたいたり、ご飯を食べているときに言われたら、ぜんぶ、おぜんのものをひっくり返したりしました」

無断外泊もするようになった。

母親は、友人の家に寝ていた息子を捜しだし、たたき起こして学校に行かせたこともある。母親になにも言えなかったのが、口答えできるようになったのも、このころだ。

新学期になって、学校から「月謝を払っていれば、籍は置いておくが、出席日数が足りないから留年にする」と、母親に電話があった。

「まともに行ってないのに、籍を置いて留年したところで、行くわけないですよね。私立だから、月謝も高いですからね」

二学期の十一月、Bは退学届けを出し、学校をやめた。

友人の父親が経営する電気店に勤め、翌年春には都立の定時制工業高校を受験した。

「高校を出なければまずいと思って。願書提出のときに、お母さんに〝夜間の願書出すからお金ちょうだい〟と言ったら、〝夜間はやめなさい〟と言われました」

合格したが、二カ月もたたぬうちに登校しなくなった。

五月初め、中学の同級生だった女の子と、スーパーのまえでばったり出会い、デートをはじめたからだ。

「遊びたくて、学校に行く四時半には家を出られなくなりました。自分のためではなく、お母さんのために行っている感じだったのでやめました」

入学金の八万円も使いこんでしまい、母親には偽の領収書を渡していた。

デートの金を母親にせびり、断られると暴れた。

「子どもの問題でいちばん困ったのは、息子が高校をやめて、イライラして暴れたときに、どうしたらいいかと、だれにも相談できなくて。お父さんがいないのがいちばん困りました。経済的にも私が、お父さん役をしてますし、怒るにしても、お父さんの役。なだめるのもやったはずなんですけど、それが子どもに通じなかったみたいです」

母親は都や区の相談機関に電話相談したが、「子どもを連れてきてください」と言われ、途方に暮れた。

「あんな大きな子を連れていけっこないですよ。世間って矛盾してるんだなと。なにか一つ相談して親身になって考えてくれるところがあったらと思いました。高校も中退したら、先生も関係ないし。それで私、警察呼んだんです。少しは気がついてくれるのではないかなって。それが裏目にでてしまったんです」

小遣いをせびって壁をたたいて暴れるBに思いあまって、母親が一一〇番したのは一カ月後のことだ。

「一一〇番されて、警察に売られたようにとりました。完全に切れたというか、お母さんともう関係ないと思った。警察の人がきて、（母親は）ぼくの悪口ばかり言っていました」

Bは家に寄りつかなくなり、女子高生監禁の舞台であるCの家に入りびたりになっていく。困り果てた母親が、別居中の父親に電話して助けを求めたのは十一月中旬、事件が起きる十日前だった。

親と子、それぞれの葛藤

息子のBに似て背が高い父親が、法廷の証言台に立ったのは一九八九年十一月二十八日である。母親からの電話で、父親は、女子高生が監禁される日の十一月二十五日前後に、Bに二度会いに出かけていたことを証言した。

一回目は、十一月十五日で、そのときは、Bと連絡をとって喫茶店で会った。

「仕事をしてないというので、私の仕事が忙しくなってきたため、手伝わせようと思ってました。Bは、花屋さんかなにかの仕事で、今年いっぱいやらなければ、お金をもらえないと。テキヤの仕事だと、だいたいわかりましたので、すぐやめろと言いました。そのときは〝ハイ〟と答えてました」

二度目は、女子高生を監禁していたさなかの十一月三十日だ。

父親は、Bに仕事の手伝いをさせようと、Cの家を訪ねた。

「玄関を開けたときに、お子さんだと思いますが、〝いません〟と答えられました。C君のお父さんが、ちょうど出てきて〝お茶を飲もう〟と言いましたので、喫茶店で、一般的な子どもの問題について話しました。そのとき、お父さんが〝私は、子どもに手を上げられても、自分からは手を上げない〟と言ったので、これでは話にならないと感じました。その日は、十二時すぎまで母の家で、待っていましたが、連絡はなく、帰りました。それ以後は仕事が忙しく、ぜんぜん、会う機会もできなくなりました」

裁判官から「この事件を通じて子どもの育て方について学んだことはなにか」と質問された父親は「やっぱり子どもには両親が必要で、いなくてはだめだということがわかりました」と答えた。

だが、Ｂの幼少時に父親がとった行動はまったく逆だった。

結婚当初の思い出を父親は語った。

「三年ばかりつきあって、彼女（別れた母親）のほうが結婚したかったと思うんですけど、（自分も）いつまでも一人でいてもしょうがない、若くてもいいから所帯を持ってやっていこうと思いました。結婚して何年かは、仲のいい夫婦になってました」

会社を定時に退社し、遅くても午後七時半までには家に帰った。

それまでは同僚とマージャンや酒でつきあうことが多かったが、すべて断った。

「つきあいをぜんぶ断ったんですよ。会社と家の往復。テレビ見たり、ワンパターンの生活。上の娘は、そのときのいい思い出があるんですね」

あいつは完全に夫婦の犠牲者

そんなマイホームの生活が三、四年つづいただろうか。

Bが生まれて一年後のことだ。

得意先の海外旅行招待で、ハワイに行ったことが転機となる。

「女の人を買ったわけじゃなくて、ただ、島を巡ったり、海を見たりして。人間の考え方が変わったんですよ。明るくなったっていうか。いままでのような生活してたんじゃだめだ。家と会社の往復だけで終わっちゃうのかな、年とっちゃうのかなって」

仕事での息苦しさを感じたことはなかったが、家では、母親は口うるさく、姑についてのぐちや、「女がいるの？」といったことをグジグジ言われる毎日がつづいていた。

「それがつもってたんですよ。自分を殺してたから。我慢して我慢してやっていた。ハワイから帰って爆発しちゃったんですね」

帰国後、父親は、明るくて、なんでも聞き、受け入れてくれる会社の女性事務員に傾斜していく。そして、Bが小学校に入学する直前に家を飛びだしてしまう。

「解放感が自分に戻ってきたんです。結婚して本来の自分じゃなくなってたんですね。会社の人間ともつきあいたい。べつに女つくるわけじゃない。会社の人とギャンブルやったり、そういうのがシャットアウトされると苦しいんです。夜のコミュニケーションがなくなっちゃう。誘いもこなくなり、孤立感を感じるんですよ」

残された子どもたちのことは考えなかったのだろうか。

「飛びだしたときは、子どものことも忘れますよ。じゃなきゃ出ていけないですよ。子どもには薄情ですけど、自分がだめになると。子どもが大きくなったときに、なんで自分が飛びだしたかという意味がわかってくれると思ったんです」

二人の子どもの動向は、祖母を通じて少しは知っていた。

小学四年のＢがいっしょに住みたいと言ってきたとき、父親は、息子の面倒を見た。

「野球の選手か、大人になってからの生活の苦しさがないようにしてやりたいと思って、競輪の選手とかに……」

自分を頼ってきたＢに、父親は、家の周囲をマラソン三周、マンションの階段の上がり降り、バットの素振りと、父親流の特訓をした。

中学時代は野球の選手だったという父親は、息子に夢を託そうとしたのだろう。

だが、Ｂは、途中で母親のもとに帰ってしまった。

「上の姉は、ほんとうにどこへでもよく連れていきました。下の子には悪いことしました。子どもとは、もっとかかわってやればよかったと思います。あいつは完全に夫婦の犠牲者ですよ。だからといって、あのとき、離婚しないで、というのはできない。勝手な男と言われても自分を失わないためには離婚するしかなかった」

べつな女性とのあいだには、二人の子どもがいるが、母親との籍は、そのままだ。

「六年前に籍を抜く抜かないという話はありました。自分が、お金をだすからということで、話をしたんですが、お金はたまらないですよ。サラリーマンには。子どもができれば金がかかるし、収入源だって一定ですからね。金はいまも延び延びになってます」

父親の収入は、税込みで月収三十万ちょっと。家賃七万円。二人の子どもを育てるのがやっとで、養育費四万円は払えない状態だ。

自分の食事代などは土曜、日曜と祭日にアルバイトして稼いでいる、という。

父親は最低の人間

Bの姉は、Bとは三歳違うが、私立高校を卒業して都内で会社に勤めている。

「いまはお母さんの大変さはわかるけど、小さいときはわからなかった」という姉だが、夫婦葛藤に揺れる家族を冷静に見つめてきた。

「あの子は、ちょっとしたことでも、すごく喜んで何十倍、何百倍にもなる。ものにたとえればガラスみたいな性格なんですね。おなじ姉弟でもほんとうに違うんです。私のほうがしぶといんです」

高校に行かなくなって反抗をはじめたBだが、自己主張のできる姉とは違い、それまでは母親の気持ちを思いやる、やさしさを持っていた。

「べつに悪いことしているわけじゃないのに、母に怒鳴られることがあって。だんだん、うるさくなってくると、〝なによ、私は悪いことしてるわけじゃないからあたらないでよ〟って、私は言いかえすんですが、弟は、はね返せなくてぜんぶ、聞いちゃうんです」

姉が高校生のときだ。

毎朝、姉は、都立高校に通うボーイフレンドに、家から駅まで送ってもらった。

母親に見つかり怒られたが、姉は「悪いことをやってるわけじゃない」と、母親の言うことを聞かなかった。

「弟は、ウエートレスの女の子と別れなければならなくなったのはママのせいだと泣いていました」

そんなBにとって母親の一一〇番は、母子関係に決定的な亀裂をもたらした。

姉は、あとで弟から聞いて知った。

「〝あいつ許せない。一生うらんでやる〟って。すごいショックだったんでしょうね。〝でもB君だって悪いでしょ。自分のやったこと、よく考えなさい〟って。そしたら〝オレは悪いことしてない。Cの家は、親を殴っても警察呼ばない〟って。〝それは違う〟って言ったんですけど」

当時、住んでいたアパートは、隣家との壁が石膏ボード一枚で、隣室のテレビの音も聞こえた。

気持ちが抑えられないと、Bはドンと壁をたたく。

一度は二階の階段の壁をたたいて穴をあけ、管理人に注意されたことがある。

「母もいけないんだけど。母としては人様から借りている家を壊されたら大変なことですし、弟をなんとかしなきゃいけないし、相談しようとすれば本人を連れてこいと言われる。それで、少しでもよくなってほしいと思ったんでしょうね。単純なんですよ」

母親をかばう一方で、姉は弟の気持ちも理解している。

「でも、母はなんてバカなことをしたのかと思ったですね。子どもの気持ちからすれば、母親に一一〇番されたら〝うちの子をどうにでもしてください〟というもんでしょ。母もけっこう、強引なとこあって」

Bの進路問題で母親がとった態度についても批判的な見方をとっている。

「お母さんは、(大学も)弟が行きたくなければ、ただ高校だけ出ればいい。で、高校も行きたくなければ、最後は、ちゃんと仕事をすればいいって、だんだん、あきらめてきて。それまでは、いろいろ、うるさく言ってたのに。弟は、おれのことなんて、どうでもいいんじゃないかと受けとめちゃったんですね。寂しい気持ちがあったと思うんです」

父親役と母親役を一人でこなしながら、生活と子育てにあえいできた母親。

その苦労を肌で感じている姉は、父親にも厳しい見方をする。

「母もうるさい人ですけど、ずっと家のなかで子どもの面倒をみて、父の帰りを待っていれば、だれだってノイローゼみたいになっちゃう。それに父は好きなことをやってる人ですよね。だから、母親が悪いとは思わない」

父親が家を出たのは姉が小学三年のときだ。

「子どもが大きくなれば、自分が家を飛びだした理由はわかってくれると思った」という父親だが、その思いは姉には通じない。

「男の人は、なににたいしても甘いんですね。仕事以外は。男だったら自分のしたことに責任とらなきゃいけない。甘えるのはいいけど、そのぶん、自分で補うっていう気持ちを持ってほしいんです。だから自分の父親みたいな人間は最低だなって思うんです」

幼児期には父親も祖母も家にいて、一家団らんの雰囲気を体験しているという姉は、最後に、こう結ぶのだった。

「弟が幼稚園に入るころから、父は帰ってこなくなったし。おばあちゃんは〝父が面倒みてやれないから〟って、なんでも弟に買ってあげるんです。だけど、弟は、いくらものを買ってもらっても、心に空洞みたいなものがあいちゃったまま、それを埋められないできたみたいで。弟はかわいそうだなって……」

第3章　孤立無援のなかで

認識に独得の世界

初公判から五カ月が過ぎた一九八九年十二月十四日。

東京地裁４１１号法廷の証言台にＤが立った。

四人の少年たちのなかでは、いちばんやせていて、声は小さく、傍聴席で音をたてると、聞きとれないほどだ。

丸刈り頭の右後頭部にあった十円玉ほどの白髪が、こぶし大まで広がってきたのが傍聴席からもわかった。

幼少時に離婚した父親は、まもなく交通事故で死亡したため、彼の記憶にはほとんど残っていないようである。

Ｄは母親（四四歳）と、月に二回は会っていた。ところが、七月三十一日に初公判がはじまったとたん、「会いたくない」と面会を拒否したうえ、手紙もださなくなった。

一歳年上の姉（一八歳）が、面会をつづけ、紫色のシャツや自分が読んだ少女コミックなどを差しいれている。

Ｄと、ほかの三人の少年との関係については、検察側と弁護側の見方が対立している。

検察側は「中学時代は家庭内暴力をくり返して保護観察となり、高校中退後は折りたたみ式ナイフを所持したり、出身中学校の窓ガラスを割って検挙された。反社会的性格は極めて凶暴であり、刑事責任は重い」と糾弾している。

いっぽう、弁護側は「Dは、ほかの三人にとってお荷物的存在である。強姦《ごうかん》事件に関係したのはCの家でを除くと一件だけで、ほかの強姦事件や傷害、盗み、ひったくりにはまったく関係していない。たまたま、いなかったのではなく、足手まといになったり、いてもらっては困るから除いたのだ」と主張してきた。

「お荷物」という言葉を使ってまで、弁護側がほかの三人とおなじに見てもらっては困るというDは、いったい、どんな少年なのだろう。

暴行に背を向けてたばこ

「彼がどんな少年かを理解するのに、すごく苦労しました。こちらは本音で話をしてもらおうと、いろいろ聞くんですが、彼の場合は、どんな質問をしても、ハイ、ハイという感じの返事が返ってくるんです」

最初は戸惑ったが、Dはファミコンが好きだと聞いて、深く考えないで答えてくるように見えるのは、画面に応じて対応するファミコン感覚と似ているような気がした。

「彼はファミコンをはじめたら、食事もせずに一日、熱中してるんです。話をしている最中も、ジーッと視線をそらさずにいる。それがファミコンの画面を見ている目とおなじような気がしたんです」

当初、Dと弁護士とのあいだで事件にたいする認識のずれがあり、弁護士側はあせった。「〝君はCの部屋にいて、女子高生にたいする暴行を見てたの〟と聞くと〝見ていません〟と答える。〝あんな狭い部屋でわかんないというのはないんじゃない?〟と問いかえすと〝いや、見たくなかったから、そっちに背中向けて、たばこ吸ってたんです〟という調子で」

最初は、そんなDの言葉が信じられなかった弁護士だが、何回も拘置所で言葉を交わすうちに、Dの認識に独特の世界があることがわかってきた。

最近では、お互いに遠慮せずに話しあえる、という。

「〝いま、なに考えてるの〟と聞くと、数分考えてから、〝人間って寂しい生き物なんですよね〟って。〝なんでそんなこと思ったの〟と質問すると〝AやBは、用もないのに集まるでしょ。あれ寂しいからじゃないですか〟。それで、こっちは〝うー、すごいこと考えるんだな〟という感じになるんです」

そんなことを言いだしたのは公判がはじまって半年もたってからだが、なにげなく語る言葉に、Dの人生が象徴されているように見える。

「おなじ部屋のなかにいても、彼はまったく関係ないという感じでいられるんです。〝なにやってるんだろう。この人たちは〟っていう調子で……」

少年事件に携わってきた弁護士でも理解するのに時間がかかったというD。

この日の審理は、彼が育った親子関係や家庭環境、学校生活など、Ｄの成育歴をたどることからはじまった。

傍聴席には、東北地方の貧しい農家に生まれたという母親がいた。

中学卒業後に美容師をしていただけに、いつもきちんとした髪で傍聴をつづけている。

「会いたくない」という息子の拒否の言葉に、胸を痛め、過去の子育てをふり返る。

その母親が、証言台に立ったのは、Ｄの被告人質問の二週間後のことだ。

深まる母親不信

「子どもはどっか逃げ道をつくっておいてやらなければいけないんですよね。私は、それをぜんぶふたして追いつめちゃって。子どもは逃げ場がなくなるわけですね」

母親の思いは、息子の幼少時にさかのぼる。Ｄが三歳のころだ。

自動車工場でフォークリフトを運転していた父親は、仕事を休みはじめ、家でテレビを見たり、母親の内職を手伝ったり、ごろごろするようになる。

「そのうち、会社の人がやってきて〝ご主人は、仲間に入っていけない〟って。私が働きに出ましたが、これなら二人の子を自分一人で育てたほうがいいと思って。主人の親は〝我慢してほしい〟と、言いましたけど。我慢して我慢して、自分が年をとって、にっちもさっちもいかなくなって離婚するより、働けるうちがいいという気持ちになったんですね」

一年後に、母親は二人の子どもを連れて家を出た。

生活保護を受けながら、時計部品の工場でパートとして働きはじめる。

「ある程度、国の世話になっていこう、というつもりがありましたからね。美容院で働くこともできたんですが、自分がパートで子どもといる時間をつくろうと思って。そうしていけば、なんとか子どもは育つだろうと、そんなふうに思ったんですよね」

六畳と三畳二間のアパートで、親子三人の生活がはじまった。家賃は二万六千円だった。

母親のパート収入は、月に七、八万円、それに生活保護費として、毎月、十万円が支給された。

「別れたあと、居場所を探しあてた父親が二週間に一回は訪ねてきて。〝もう顔も見るのもいやだから〟って、なかに入れなかったんです。そしたら子どもが玄関で〝おまえ、入ってきちゃだめだよ〟って、両手を広げるんですよ」

そんなことが影響したのか、小学校に上がったDは落ち着きがなく、授業中に立ちあがって歩きまわったりした。

「それで、児童相談所に行って相談したら、お父さんを求めているのに拒否したので情緒不安定になったと言われまして」

勉強が苦手なうえに、ふろが嫌いだったDは、小学三年ころから、「くさい」「不潔だ」などと言われ、いじめられるようになった。

「班学習でも、班の友だちが〝Dがいるから成績が悪くなる〟と言ったり。三階（の教室）から一階に教科書とか帽子を落とされて、何回も何回も取りにいかなければならないとか。席のあいだの通路を通ると、足をぱっと出されて転ばされるとかいうことを子どもから聞きました」

学校から泣いて帰るDに母親は「そんなことでどうするの。もう一回行ってらっしゃい」と、しった激励した。

このころ、Dにはつらい思い出があった。

「私、保護者会に行きまして、あるお母さんに、ポロッと〝うちの子には友だちがいない〟って言ったんですね。そしたら〝遊ぶように言いますから〟って。それで、Dは一週間、その家に通ったんですよ。そしたら〝ぼくとちっとも遊んでくれない〟って。その子は〝お父さんとキャッチボールばかりしている。ぼくは見ているだけだ〟って。私、えらいことしてしまったな。そのとき、Dに悪かったと言えばよかったんですけど。できなくて」と母親。

四年のときには、友だちと二階から飛びおり椎間板《ついかんばん》ヘルニアになった。腰にさらしを巻いて登校したら、泣いて戻ってきた。

さらしの背中の部分に黒く足跡が付いていた。

「〝おまえ病気じゃないだろう〟と友だちに言われ、足で踏まれ、ほうきで学校の外まで追いだされたって言うんです。私、びっくりして学校に行って、職員室に入って〝子どもが悪いかもしれないですけど、いま病気ですので大目に見てほしい〟って言ったんですよね。だけど先生はキョトンとした顔して」

母親は、担任教師に会って、指導のしかたに抗議するといった発想はなく、ただ頭を下げるのが精いっぱいだった。

そんな母親の真意を教師も理解できなかった。

学校に母親が行ったことも知らされなかったDは「自分を守ってくれない」という母親への不信感を深めていく。

学校への対応のまずさだけではない。

当時、母親は世間体を気にして生活していた。

「小学校のころです。近所の酒屋さんが子どもを追いかけてきて〝ガム取った〟って。私は〝すいません〟って酒屋さんに百円渡したわけです。子どもに聞いたら〝ぼく取ってない〟って。子どもの話を聞いて対処すればよかったんですね。母子家庭だと言われたくなくて、世間に顔をよくすることばかり考えていたんです」

母親が、Dに八千円で買ってやったリモコンの車がなくなったことがある。Dは「近所の子が持っているのが自分のだ。自分の車とおなじ所に傷がついている」と言って譲らなかった。

「だけど、おなじものはいくつもあるし、そういうふうに言っちゃいけないと息子には言ったんですが、この事件が起きてわかりましたね。やっぱり親に話して返してもらうようにしたらよかったんです」

小学六年のときに母親は、少ない収入から八万円も出して学習用教材を買った。

一時間三千円を出すと家庭教師がきて教えてくれるしくみだ。

「勉強できなくて中学校で特殊学級に入れられたら困ると思って。女の先生が来たんだけど、あわないらしくて、何回かして先生も来なくなったんです」

教師体罰で頭に白髪

そうした母親の心配をよそに、Dは中学校の普通学級に進学した。

Bとは学年はいっしょだが、Aは一年先輩だった。

「担任の先生がよく面倒を見てくれましたので、以前より明るくなりました」

事情を知らない母親は安心したが、学校は、教師体罰による「力の管理」が徹底していた。

二年になって担任がかわったとたん、髪型や服装に厳しくなった。

コミュニケーションの下手なDは、担任教師の体罰の対象となり、二学期からは登校拒否ぎみになっていく。

「楽しくなかったです。だんだんと休む日が増えていった。お母さんと学校が原因です。先生に暴力ばっかりふるわれるし」

Dの髪は天然パーマだが、「髪はストレートじゃなきゃだめだ」と殴られた。

朝礼で礼をしたときに、あごを出していたという理由で体罰を受けた。

ゲームコーナーのある玩具店に立ちよったところを教師に見つかった。

「〝ゲームセンターに行ったろう〟と言われたときに、〝いえ、行ってないです〟と言ったら、いきなり〝ウソ言ってんじゃねー〟とか言いだして、そのまま〝来い〟って言われて。担任でなく、国語の先生が来て、一人か二人に殴られました」

玩具店に立ちよったのは、ゲームコーナーに行くためでなかったことを説明したかったが、自己表現が下手なDは、最初からあきらめていた。

母親は、Dが教師体罰を受けていることは知っていたが、それほど苦しんでいるという認識がなく、ほとんど対応してやらなかった。

「なぜ殴られるのだろう」と考えているうち、Dの頭に白髪が出てきた。

幼少時から母親に受容されていないという思いも重なって、家庭内暴力が噴きだしてくる。

暴力といっても、母親に直接、手はださなかった。

「勉強机を倒したり、百科辞典とか物が飛んでくるんですよ。飛んできて終わりなんですけど。あとは〝おなかすいた〟というので食事出しますよね。そしたら〝指入った。汚ねぇー〟って捨てられて。また作ってだすとこんどは〝つば入った〟って。お金を請求されて断ると、おぜんをひっくり返して。後片づけが大変でした」

Dの暴力は、理不尽な体罰を教師から受けて苦しんでいる自分を理解してほしい、という母親に救いを求める信号でもあった。

だが、母親はそれにも気がつかなかった。

「当時、私は職場の男性から毎日のように電話があって、子どもが思春期だったので、勘違いしていたんだと思っていました」

学校に行かなくなったDは三畳間に食事を運ばせ、寝るか、ファミコンで遊ぶかの生活をくり返すようになる。

思いあまった母親は、Dには好意的だった一年のときの担任に相談した。

教師は「三年は私が受けもちましょう」と担任を引き受けてくれた。

「あの先生だけが頼りで。行かないときは毎日毎日、近所の酒屋から子どもに気づかれないよう電話するんです。〝学校行かないから先生電話してください〟って。すると先生が〝いまからでもいいから出てこい〟って電話くれまして」

「殴らない先生はいたか」という弁護士の質問に「一人ぐらいは、いたんじゃないですか」と答えていたD。

その一人が、この教師だったのだろう。

Dは電話があると、学校がはじまっていても登校するようになった。

だが、このやり方も長つづきしなかった。

例の調子で、母親が酒屋から電話したところ、たまたま担任教師がいなかった。

〝ことづけ願います〟とほかの教師に頼んで家に帰ったら、Dが電話に出ていた。

「〝いま、お母さんから電話あったけどなんだ〟って先生が言っているけどって。それで私が酒屋から電話していたことがばれて。怒って行かなくなり、担任にたいする信頼もなくしてしまったようです」

閉ざされた心の扉

貧しいながらまじめに一生懸命生きてきた母親にとって、子どもが義務教育である中学校を休みつづけるのは異常なことに思えた。

見過ごす気持ちになれず、胃がキリキリ痛みだした。

「一週間寝込んでしまったんですね。動けないんです。あのときはほんとうに胃がんかと思ったです。ツバがドッドッって出ましてね。四十二キロが三十七キロにやせたんですね」

担任教師に相談したら「このままだとDは卒業できないし、お母さんのほうが倒れちゃいますよ」と言われた。

「Dのことで警察と相談しました。警察へ行ってください」と、担任から連絡があったのは数日後のことだ。登校拒否や家庭内暴力を起こした少年は「虞犯《ぐはん》少年」として警察の判断で、家裁に送致できるしくみになっていた。

「それで警察の少年係に行きましたら、〝昨日、先生から聞きました。Dにいろいろ説明しましょう〟と。〝それじゃお願いします〟って帰ってきたんです」

警察補導のしくみを知らない母親は、教師の説明を信じ、少年係の刑事が親切にDを説得してくれるものとばかり思っていた。

「その夜、先生から電話で。〝Dいますか〟って。そのとき、友だちの家に泊まりに行ってたんですよね。〝まだ帰ってません〟と言ったら。〝じゃあ捜索願いを出しなさい。校長先生がそう言ってますので〟って。それで警察に捜索願いの電話したんです。いま思えば、卒業なんて、どうってことないんですけど、当時は、先生の言うことを聞いていれば、卒業させてもらえると思ったんですよね。卒業しないと、車の免許もとれないし、本人がつらい思いすると思って」

警察の動きは早かった。

翌朝の七時ころ。私服の刑事二人が来て、ベッドで寝ていたDをたたき起こし、パジャマ姿のまま連れていった。

「ベッドの下にナイフが三本くらいあったんですね。みんな持っていきました。子どもは帰ってくるものとばかり思ってましたから、会社を休んで待ってたんですよ」

午後三時になっても帰ってこなかった。

心配になった母親は、警察に電話した。

「そしたら〝もう家裁に行きました〟って。そして家裁から鑑別所に行ったたって言うんですよ。びっくりして知人に相談したら、〝なんで子どもが連れていかれるときに、連れていかないでって、すがったり、泣いたりしないの〟って言われたんですね。〝あなたは愛情が足りませんね〟って言われ、そうだなと感じたわけですけど」

Dにしてみれば、理由も知らされぬまま無理やり刑事に連れていかれ、鑑別所に入れられたことで、母親にたいする不信をいっそう増大させた。

このときも母親は、そんなDの気持ちを思いやるよりも「お母さん、体力つけてゆっくり休んでください」という担任の言葉を受けいれた。

「子どもから〝会いに来てくれ〟という手紙が来て。三回会いに行きました。息子は顔をあわせてもなにも言いませんでしたけどね」

それから三週間後。

家裁は審判を開いて、鑑別所の調査結果などをもとに、Dを保護司の指導を受けながら親元で生活する保護観察処分とした。

母親は家裁まで息子を引きとりに行った。

「私は親子だから当然、いっしょに帰ってくるつもりでいたんですね。そしたら電車に乗ったとき、私から離れたんですね。すごい顔して、白目出してにらんだんですね。あんな怖い目見たことないと思いましたね」

その白目は、母親を求める気持ちを裏切られ、見限ろうとしている思いを表していたことに母親は気がつかなかった。

家に戻ったDは、物を投げたり、お金を請求することもしなくなった。

「それからは、ずっと（母親を）シカト（無視）してました」「（母親は）信用してないです。性格悪いですし、ウソつきですから」と、Ｄは法廷で証言した。

息子から「ウソつき」と言われた母親には、心当たりがあった。

「Ｄの部屋に入っていけないと言われていたのに、くさいので窓を開けたときに、Ｄが帰ってきて。〝いま、入ってたろ〟と言われたんだけど、私は〝入ってない〟って頑張ったんですね。〝入ってはいけない〟と言われているんで、どうしても〝入ってない〟って言ってしまうんですね」

Ｄの部屋でシンナーのにおいがしたと、母親は、ＢとＣの家に知らせたことがある。

つぎの日、そのことがＤの耳に入った。

母親はＤに「おめえ、ＢやＣの家に言いに行っただろう」と問いつめられたが「行ってない」と言いはった。

「行ったと認めると、また昔のように暴力をふるわれては困るという思いがありました」と母親。

お母さんが悪かったね

家庭裁判所で保護観察処分を受けたＤは、保護司の指導の下で生活することになった。

月に二回、保護司を訪ねて近況を報告するだけでよいし、父親代わりにも保護司を付けたほうがよいと言われたからだ。

「保護司さんはいろいろ経験してますし、子どものためにもいいですし、学校を卒業してしまえば関係ないということで、私も保護司さんを付けてもらったほうがいいと」

最初は、保護司と保護観察官がDを誘ってくれて、いっしょにおでんを食べたりしていたので、うまくいくかと思っていた。

しかしDは、家庭内暴力はやめたものの、登校拒否はつづいていた。

学校へ行かないと卒業できないと考えていた母親は、こんどは保護司に電話をした。

近くに住む保護司は、朝でもすぐ駆けつけてきた。

最初は「D君、D君」と呼んで帰った。三回目ぐらいから効き目がないとわかると、Dの部屋に入ってきて「起きろ」と布団をはいだ。

「みんなおなじことやるなと感じたんですね。私も何回もやったけど、布団をめくって、〝起きろ〟っていうのはだめなんです。この保護司さんとは、うまくいかないなと思ったんですね」と母親。

保護司は「おれは幼少時にほかの家に預けられたんだ」といった苦労話をしたが、気持ちの通じていないDにとっては、美談の押しつけとしか映らなかったようだ。

「子どもの目がだんだんつり上がってきて。これもまずいなと思ったんですね」

Dは、どう感じていたのだろう。

法廷でDは証言した。

「（保護司のところには）はじめの半年はちゃんと行っていたと思います。あとはだんだん、減っていったと思いますが。保護司の人が〝おれは気が短いんだ〟とか、しょっちゅう言ってきて。それに友だちの家から十分で帰ってこいとか無理やりのことを言ってくるので。（友だちの家からは）二十分はかかるんじゃないですか。性格もあわないですし」

保護司のところに、月二回、面会に行かないと呼びだしがかかった。

「子どもが保護司さんを替えてほしいと言うので、保護観察官のところに呼ばれて行ったんです。そしたら〝替えられない〟って言われて」

その帰り道、Ｄは母親に、それまで胸に収めていた不満を一気に吐きだすようにして母親を責めた。

「子どもは〝お母さん、保護司さんはお母さんのまえではニコニコしてたって、おれが行ったときはぜんぜん違うんだ。もとをただせば、おまえが一番悪いんだ。自分のうちのことは他人には関係ないよ〟って言ったんですね」

母親は、鑑別所から帰ったＤが自転車に乗っていると、警官に呼びとめられ所持品検査をされたり、学校の友だちが鑑別所のことを知っていたりして、鑑別所に入ったことが重荷になっていることを感じていた。

「私もほんとうにそうだと思ったので〝お母さんが悪かったね〟ってはじめてあやまったんですね。登校拒否で学校へ行かない子に、学校みたいに保護司さんを訪ねていけというのが無理だった。けっきょく、ああしなさい、こうしなさいというわけですから」

Dは、それから少しずつ学校へ行くようになった。

三月中旬のある日、学校へ行くと卒業式の予行練習があった。

「〝お母さん、学校行ったけど、ぼくは卒業式の練習には加えてもらえなかった。練習のあいだ、教室でパン買って一人で待ってた〟って。そのとき、つらいだろうなと思ったんです」

追いかけるように担任から母親に、卒業式のある午前中は自宅で待機するように連絡があった。Dと仲が良かった友だちの母親が「うちの子たちが卒業式に学校で暴れる」と学校に電話したため、学校側が警戒してDを含め三人を卒業式には出さないようにしたという話を、あとから聞いた。

Dが卒業証書を校長室で渡されたのは、一週間たってからだった。

子どもよりも世間体

学校の教師、警察、保護司、そして母親と次々に裏切られ、Dは、人間不信を強め、心を閉ざしていく。

定時制工業高校へ進むが、一週間で行かなくなる。

「工業高校はお母さんと保護司で、勝手に決めちゃって。はじめから行きたくなかったので一週間で行かなくなっちゃったです」

ときたま、友だちといっしょにレストランなどでアルバイトをしたが、三、四日勤めては辞めた。Dは九月に中退した。

母親が昼間、働いていたこともあって、Dの家は、たまり場となっていく。

集まっていたのは、中学時代に登校拒否をしたり母子家庭の子が多かった。

卒業後の五月下旬、そのなかの数人が、深夜、母校の中学校へ二度出かけ、投石して窓ガラスを割って補導された。

二度目はDも加わった。

「私は、ふすま一枚の隣の部屋にいますから、話がみんな聞こえてくるんですね。〝おれは、あいつに中学の恥だと言われた〟とか〝学校へ行って髪切られた〟とか。そして〝あんなことやってもなんにもならなかった〟って反省してるんですね。子どもたちがつらかったというのがはじめてわかりましたね。私が無知だったんですね」

Dが逮捕されてから一年四カ月。

母親は「世間体を気にした自分がまちがっていた」と、しきりにくり返す。

「母子家庭だからという後ろ指を指されるのがいやで、私としては精いっぱいやってきたつもりなんです。お金もないし、ゆとりもないですし。子どもと会話も少なかったですね。子どもがお母さんにやさしくしてもらいたい、という肝心のときに、手を差しのべてやらなかったんですね。温かくつつんでやる気持ちが足りなかったんですね」

孤立無援のなかで、子どもよりも世間体を気にかけた母親。

学校や警察に頼れば頼るほど、結果は裏目に出た。

そんな生き方は、中学卒業後の体験が影響しているようにみえる。

息子からの手紙

農家の六人きょうだいの長女に生まれた母親は、家が貧しかったため、中学卒業後、農村から町に出てきて、美容院に勤めた。

当時は、住みこみがあたりまえの徒弟制度で、朝五時に起きて夜十一時まで十八時間、休む暇なく働かされた。

「弟子一人先生一人で、すごく厳しくて。畳の縁《ふち》も踏まないようにって言われ、私は仏壇のある部屋に寝ましてね。寒い冬の朝も、朝五時に起きて掃除からはじめるでしょ。一年で体を壊しました」

いったん自宅に帰って体調を整え、ふたたびべつの美容院に住みこんで二年。

通信教育で免許を取り、一年間、お礼奉公をして上京した。

「田舎だから免許取っても一人前の仕事はさせてもらえないんですね。仕上げになると先生が、お客を取っちゃうんです。いまみたいに給料をもらうんじゃなくて、教えてもらうっていう感じの時代でした。先生がまちがっていても、言っちゃいけないんです。ハイハイってね。言いわけはぜったいにいけない時代でしたね」

感受性の激しい十代後半から人の目を気にして生きてきた母親は、個を確立できないまま、強い者や周りの意見にあわせていく生き方を無意識のうちに身につけ、自分の子どもまでも追いこんでしまったようにみえる。

上京して三年後。

母親は、住込先の美容院経営者の長男と結婚した。

「そこのみんなに気にいられたわけですよ。私は普通でしたけど、みなさんの勧めでいっしょになってみようかなと思いましてね」

けっきょく、自分自ら強く求めたわけではない結婚は、七年で破綻《はたん》した。

「〝子どもは親を選んで生まれることはできない。力になってやれなくてごめんなさい〟という手紙を出したら、返事が来たんです。〝何百回もおれにいやな思いをさせた。弁護士先生ばかりを頼らないで、自分で考えてみろ〟と書いてました」と母親。

そんなDと、どう対処したらよいか、母親は思案中だ。

第4章　夫婦葛藤のはざまで

不信の日々

「被害者はじめ多数の方にほんとうに申しわけありません。強姦の被害者にとって、その傷は一生消えない。女子高生は水も、食事も、トイレにも自由に行けない部屋で、地獄のように苦しみながら殺されました。それにくらべ私は、水も飲め、三度の食事もできる恵まれた場所でつぐなっています。極悪非道の私が無期懲役で申しわけない」

四人の少年たちのリーダー的存在として関心が集まっていた主犯格のAは、六月二十六日の最終陳述で、心境を、こう述べた。

白のワイシャツに黒ズボン、サンダル姿。

いつもは検事や弁護士の質問には、まくしたてるように答えていくAだが、この日は言葉が聞きとれないほどの声で、便箋《びんせん》二枚ほどの書面を読みあげた。

中学時代は軽量級の柔道選手で活躍したAは、一六〇センチと小柄だが、がっしりしていて威圧感を感じさせる。

Aは、事件を自供した日の翌日、東京少年鑑別所に駆けつけた両親に「離婚しないでくれ」と訴えていたことが、法廷で明らかにされた。

「いままでも、自分が事件を起こすと、離婚するしかないという話があったので、こういう大きい事件になっちゃうと、もう離婚するのじゃないかなという……」

それほどAは、両親の夫婦関係を気にしていたのだ。

鑑別所で両親がAと面会した日は、一九八九年三月三十日。

その日のことについて父親（四七歳）は、こう証言している。

「いちばん最後に〝離婚しないでくれ〟と言いました。〝いままでは帰る家があったけど、離婚されたら、もう帰るとこがなくなっちゃう〟と。その三月三十日というのは、ちょうど私たちの結婚記念の日なんです」

Aは、両親にたいする思いを早口で述べる。

「お母さんはピアノの先生で、ずっと長くやっていきたかったらしいのですけど、その夢までとっちゃったというか、お父さんも会社でいづらくなったと聞いてほんとうにすまないことをした」

寂しさのシグナル

Aの幼少時の思い出は、寂しく、暗い。

証券マンで帰宅が遅い父親。

母親（四七歳）もピアノレッスンの指導で忙しかった。

生後三カ月目で、Aを実家に預けてレッスンを再開し、祖母がその過労で倒れてからは、背中におんぶしてレッスンをつづけた。

「私はAの面倒を見るので（祖母が）疲れたと思い、ピアノの仕事をやめて、自分で育てなければと考えました。幼稚園や教え子の父兄にピアノの教師をやめたいと連絡すると〝私たちが協力する。お子さんを連れてきてください〟と言われ、後任も見つからなくて、けっきょく、私はAをおんぶしてピアノの授業に行くことになりました」

だが、週三日は幼稚園の出張指導、残り四日は自宅でのピアノ教室と、母親はAといっしょに遊んだり、かかわってやる時間がなかった。

「幼稚園のとき、食事をとるのがいっしょにとってなかったので、おかしいと思ってました。近所の子は、家族そろって食べてるのに、ぼく一人で食べていたりして」

小学一、二年のときは、近所の友だちの家に預けられ、そこの家族といっしょにご飯を食べた。四人家族で、子どもが野菜を洗ったり、友だちの父親がラーメンを作るため小麦粉を練ったりするのを手伝った。

「その家はおふろがないので、洗濯機にお湯を入れて、おふろ替わりに使ってました。自分の家でやったらお母さんに怒られました」

貧しくても、温かみのある家庭が気にいったAは、母親が夜、その家に迎えにきて、自分の家に帰るのがいやだった。

「家に帰ると、お母さんが仕事でぐったりして疲れちゃって、寝ちゃうだけだし、自分も夜テレビ見ていると、早く寝なさいと言って、電気消されちゃうし、それで家に帰るのがいやでした」

Ａは、両親にかまってもらえない寂しさを、さまざまなかたちで訴えていた。

おむつは三歳までとれなかった。

「隣の女の子は、二歳でとれたというので、三歳児検診のときに保健所の先生に相談すると〝ぼく、ほんとうは言えるんだよ〟とＡが言い、〝じゃあ、今日からお母さんにおしっこ、うんちを教えてあげてね〟と言うと、ほんとうにその日から私に教えてくれました」

幼稚園で母親のレッスンを待っているあいだ、Ａは幼稚園の花壇から球根や花をひき抜いて怒られたことがある。

「だれも相手にしてくれる人がいなかったら、花壇のチューリップや球根をひき抜いて遊んでました。あった花は全部ひっこ抜いてしまいました。寂しかったと思います」

Ａが発信している寂しさを訴えるシグナルを、両親は受けとめてやる余裕がなかった。

というのも夫婦のあいだには、結婚直後から亀裂が生じていたのだ。

証券マンの父親と母親が結婚したのは、一九六九年三月で、見合いだった。

父親は、高校を卒業すると上京。私鉄に勤務するかたわら大学の夜間部に通学、三年からは昼間部に転部して卒業、中堅証券会社に入った。

支店の営業マン時代に客の一人に紹介されたのが母親だった。

「女房の第一印象は、雰囲気が私の母に似ていると思いました。おなじ年ですが、純真で、しっかりしていて、ピアノの仕事も熱心で、子どもも好きそうだし、眼がすんでいて、一目ぼれでした。あるとき、私のアパートまで電車で一時間かけてマスの煮魚をなべに入れて持ってきてくれ、そのとき、結婚の決意をしました」

母親は小さいころから音楽が好きだった。

私大音楽学部を卒業した母親は、在学中から幼稚園のピアノ教室の教師をしていた。

「高校三年のとき、父に相談したら〝高校だけではつぶしがきかない。これからは大学出ないとだめだ〟ということで、大学に行く決心をしました」

母方の祖父の援助で新居を構え、恵まれた新婚生活のはずだったが、夫婦生活は一週間目から暗い影が差しはじめた。

父親の無断外泊がはじまったのだ。

台所に何匹もウジが

「私は独身のときからマージャンが好きだったんですが、結婚して一週間くらいのときにマージャンに誘われまして〝新婚さんは帰れ〟と言われまして、ほんとうは帰らなければいけなかったんですけど、自分としては……。意地で徹夜マージャンをやりました」と、父親は法廷で証言する。

外泊は、ひどいときには一日おきということもあった。

新婚早々からの外泊に、母親の心配は強まっていく。

「部屋でぽつんと一人だけいるのが寂しくてやりきれないなと思いました」

ピアノ教室の指導者として、生徒や父母たちから慕われていた母親は、寂しさをまぎらわすようにピアノ指導に打ちこんだ。

生徒数は多いときで三十四、五人。収入は、月平均三万円で、父親の給料より多かった。

母親は父親から給料を渡されたことはない。

「結婚してからAが小学四年ころまで、一カ月に一回、テーブルや机の上に現金が置いてありました。幼稚園に行くようになったころ、一万、二万円と現金が置いてあり、これが給料なのかしらと思いました」

仕事優先で家庭を顧みない父親の生活は、母親が妊娠してからも変わらなかった。

帰宅は遅く、外泊もあった。

母親にとっては、一生忘れられない思い出がある。

妊娠五カ月目に、急性虫垂炎で入院したときのことだ。

父親に台所の後片づけを頼んだのだが、二週間後に退院して、自宅に戻ってみたら、台所はそのままだった。

「主人は退院のときにもこず、母と二人で自宅に着き、お茶でも飲もうということで、台所に行くと、洗ってあるはずの茶わん、おでんの残りも捨ててあるはずなのに、なにもやってないので、台所全体にウジが何匹もはってました。私は台所を熱湯消毒しました」

予定日が遅れたため、自然分娩は無理となり、帝王切開でAは生まれた。結婚二年目の四月だった。

「主人は会社が忙しくて来てくれませんでしたが、両親は初孫の誕生を喜び、病院まで来てくれました。退院のときも主人はこず、母と私とAで自宅に帰りました」

その年の秋ころからだ。知らない女性から電話がかかりだし、夫に取りつぐと「あっちへ行け」と言われた。

正月休み、父親がスキー旅行に出かけている留守中に、その女性から電話がかかってきた。

「〝あんたなんか別れなさいよ。幸せにできないわよ。私はぜったいに幸せにできるから別れなさい〟と言われ〝私には子どもがいますから〟と答えると〝いいから別れなさい〟とヒステリックに言いました。たまりかねてスキー場へ電話すると〝おれは幹事だ。帰れるわけがないだろう〟と言う主人。私は電話のベルの音を聞くのもいやになり、電話機に座布団をかけるようになりました」

いやがらせの電話は鳴りつづけた。

母親は、正月の三日間、八カ月になるAを抱いて、近くの放水路に行った。橋の上から川の流れを見て、何時間も立っていた。

「死のうと思いました。電話しても帰ってこないし。つらいし。母に言えば心配するし。で、私がAといっしょに飛びこんで、二人いっしょに死ねる保証はないし。もし、私が助かって、子どもが死んじゃって、逆に、私が死んで子どもが助かって〝ママ、おっぱい〟と言ったら、どうしようかと考えたら、もう、ずっと泣いて、そこに立っていて、なんにもやる気、ありませんでした」やっと帰ってきた父親は「あの女は頭がおかしいんだ」と言うだけで、母親も、それ以上追及しなかった。

弁護士に、なぜ父親を問いつめなかったのかと聞かれた母親は「親たちを心配させたくないし、結婚式のまえに〝どんなにつらくても帰ってくるんじゃないよ〟って言われましたし。できるだけ辛抱しようと思いました」と答えた。

もう一つ、母親にとって忘れられないことがある。

幼稚園の入園が近づいたころ、Aはショウコウ熱にかかり、母親は、三十九度を超す熱を出したAを毎日、おんぶして小児科に通った。

運悪く、母親も感染してしまい、注射を打っていたが、ある日、くたくたになって小児科から帰ってくると父親が、帰宅して寝ていた。

「〝お父さん、うどん屋さんに電話して〟と言うと、〝なに！　まだ口がきける！〟と言って、主人はなにも手伝ってくれませんでした。数年前のウジのこと、今日のこと、もう主人になにも頼まない、こんなにつらいのに助けてくれないもの、もう頼むものかと心に決めました」

〝お母さん〟を求めて

「ぼくは、じゅぎょうさんかんが一ばんきらいです。手をあげなさいとおかあさんがいうからです。わからないときさされたら、ときどきわかりませんていった。でたらめもいいます。おかあさんはみっともなかったといった。ぼくはがっくりした。こんどのじゅぎょうさんかんは、ちゃんと手をあげてがっくりさせるのをよそう」

小学二年のとき、Aは、授業参観で、教室の後ろにいた母親から「手を上げなさい」と、大きな声で名前を呼ばれ、いやな思いをしたことがある。

そのつらい思いを、こんなかたちの作文にしたのは、母親に自分の存在を認めてもらいたかったからだろう。

当時の母親は、帰宅が遅く外泊をくり返す夫への不満の代償を、Aに強い期待をかけることで解消しようとした。

それにこたえようとしたAは、重い負担を背負わされていく。

「一、二年のころ、スイミングスクールに行ったり、英語教室に行ったり、ピアノを習ったりしたことがあります。たぶん、ピアノは幼稚園からやっていて、遊ぶ時間がなくなってきちゃって、ピアノはやらないようになりました」とAは法廷で証言した。

小学二年になると、母親は、かけ算九九を書いたカードを入れた箱をトイレに置いた。

このころのことだ。Aは母親に「お母さんは、どうして先生なの」と聞いてきたことがある。当時、なぜAがそんな質問をしたのかわからなかった母親だが、最近は、ピアノの教え子に母親を奪われたような感じがして寂しかったのだということに気がついた。

「いまになって思えば、Aは私にピアノの〝先生〟ではない〝お母さん〟を求めていたのです。ピアノの教え子に、私を奪われたように感じていたのでしょう。きっと寂しかったのでしょう。いつもいっしょにいて、私に甘えたかったのでしょう。家政婦のおばさんに家の手伝いをしてもらっているだけでは、足りないものがあったことに、最近、ようやく気がつきました」

父親、母親に、ありのままの自分を受けいれてもらえないという不満からか、Aは万引きをくり返すようになる。

友だちといっしょにパチンコ店や駄菓子屋で、景品やアイスクリームを盗んだ。家から無断で金を持ちだしたこともあった。

盗みがばれるたびに、母親から厳しくせっかんされた。こんな体験があった。

「玄関まえで（母親に）たたかれて、自分が泣きさけんでいるときに、なんかひっぱたかれたり、蹴られたりして逃げ回っているときに、靴べらを持ちだして、玄関から階段のところまで殴られつづけて、転がって、最後に階段のところで、行きどまったときに、靴べらでバチンとたたかれて、靴べらが割れて、顔がミミズばれになっちゃったのを覚えてます」

それでもAは、欲しいという欲求を抑えきれず、万引きをやめなかった。

「やっぱり、ほしいものがあると、どうしてもほしい性格で、どうして、このあいだは見つかってしまったんだろう、こんどは見つからないようにやろう、と思って盗んでました」

怒ると物に当たり、持っている物を投げすてたり、ときには、着ている服までひき裂いてドブに捨てたこともある。

ピアノ教師の仕事で不在がちな母親は、Aとの連絡帳をつくり、歯磨きが終わったりしたら、あじさいの花や鯉のぼりのうろこを塗りつぶしていく方法を考えた。

「〝お母さんにお願いしてもらいたいことがあったら書いてね〟という欄に、いつも〝コチョコチョしてください〟と書いてありました。寝るとき、Aの横に行って、体のどこかをさわっていると安心して、すぐ寝ました」

母親の二面性

小学三年になると、母親の教育熱は、さらにエスカレートしていく。学校の成績が悪いと母親は父親に怒られたためだ。

「主人の帰りはあいかわらず遅く、Aは、だんだん言うことを聞かず、私も頭にきて、靴べらで打ったことがあります。Aは、その場では、〝ごめんなさい〟とあやまり、しばらくすると、また約束を破っていました。私も〝これしなさい〟〝宿題はすんだの。終わったの〟とだんだん、命令口調になり、公文やプリント学習、××ゼミと強制的に勉強をやらせました」

××ゼミでは国語、算数、理科、社会の四教科を、そのほか、公文、通信教育のプリント学習とAは、勉強攻めにあった。

「さっとやれば四十分とか一時間ぐらいですが、だらだらすると一時間半とか二時間とかに」と母親は証言している。

だが、実際に勉強をやらされるAにとっては違った。

「一日三時間から五時間かかる通信教育なんです。お母さんの目を盗んで逃げだして遊んでました」

答えを丸写しして、それがばれないように、わざと一部をまちがえて母親の目をごまかしたこともある。

母親は勉強をさぼったのがわかると、激しくせっかんした。

居間と畳の部屋との境が二、三センチほどの段差になっている所に正座させ「痛いんだったら、ちゃんと自分でやることをやんなきゃだめ」などと、深夜まで説教しつづけた。

「勉強をやらないと怒るというか、さっぱり怒ってくれればいいんだけれど、しつこくねちねち怒るというか。説教が終わるとゲロ吐いちゃって、確か、そこまで具合悪くなるまで、夜遅くまで怒られたような記憶があります」

母親は厳しい態度をとる半面、いっしょにふろに入ってスキンシップにも努める優しさを示した。

鬼のような顔が、突然、観音さまのような優しい顔に変わる。

その極端な二面性にAは戸惑った。

夜尿が三年までつづいた。

「ほしい物を買ってあげるから」と母親は、物でやる気を起こさせようとしたが、プリント学習の用紙だけが、山積みになっていった。

四年生からAは空手道場へ通いはじめる。

「頭を使うよりは体を動かすほうがいいというので、精神的に成長するひとつの道として空手道場へ行くようになりました」と母親。

Aは、けんかしては負けて、けがの治療で病院に行くのが悔やしかった。

「普通のことをやって、けんかしても勝てないと思ったので空手の道場に入門しました。天井からひもがぶら下がっていて、足を使わないで手だけでのぼっていくとか、あとスクワットしながらキックしたり、パンチの練習をしたり、サンドバッグをけったりしました」

空手の練習にAは励んだが、それも長つづきしなかった。

「先生に〝なかなか蹴りのかたちがいい〟と言われ、本人も頑張りましたが、蹴りをするとき大声を出すので、声がかすれ、病院に行くと〝声は出さないように〟とドクターストップになり、空手も一年半でやめることになりました」と母親は、述懐している。

家族の失速

「証券マン生活二十四年間のうちで、現在の五、六年は経済的好調と合致して、仕事だけは順調で、私の主義である〝共存、共栄の精神〟通り、お客さまもうかり、私もよくなり〝証券マンになってよかった〟と実感しております。私には株は天職だと思っております」

Ａの父親は、このように上申書で証券マンとしての人生を総括しているが、金がすべてを支配するマネーゲームの最前線で働く、〝会社人間〟だった。

父親が証券マンになったのは一九六五年。

この年は、大手証券会社の経営危機が表面化するなど、証券界は、現在の繁栄ぶりが想像できないほど、証券不況は深刻だった。

当時の証券会社は、顧客の獲得競争に血眼で、どこでも朝八時になると、支店長が「会議」と称するハッパかけが行われていた。

各支店とも独立採算制。本部から各支店にノルマが与えられ、支店長は、それを部下の営業マンに割りあてていく。

ノルマが達成できないと、支店長は、一年もたたず、すぐに交代させられる。

だから、売上高が思うようにいかないと、支店長は必死になる。

「会議」では支店長が数字を挙げ、営業マン一人ひとりの成績が読みあげられる。

「バカ、おまえは、ぜんぜん、ノルマが達成できてないじゃないか」

「やめっちまえ」

ノルマが達成できない営業マンには、支店長が、容赦《ようしゃ》なく罵声《ばせい》を浴びせていく。

灰皿を投げつけたり、「立ったまま電話しろ」「今日は外出禁止」など、いじめまがいの罰を与えるのも日常茶飯事だった。

ときには、支店長が、寄りつきに××株を何万株買って「おまえら、なんとかはめろ」と、後始末を命じることもある。

成績トップの証券マン

Aの父親は、最初、東京郊外の支店に配属された。

新人証券マンが、まず配属されるのが支店営業部。電話帳を一冊渡されると、手あたりしだいに、電話で金融商品としては利幅の少ない投資信託を売らされる。ノルマは、一カ月、一千万単位が常識だ。

やがて株のしくみを覚え、三年から五年で、支店の営業に残る者と本部営業に行く者とにわかれていく。

「好きで証券業界に入ったのですが、商品が多様化し、ノルマを消化するには、夜九時、十時が定時になり、投資信託締めきり日まえには日曜出勤もありました」と父親。

　金と数字がものをいい、ノルマ達成に、手腕を発揮した者だけが、大きな顔をして、出世していく〝弱肉強食〟の世界でもある。

　数字のためには、顧客の金を無断で流用する手張りや、利潤保証、損失保証といった違法行為を行う営業マンも少なくない。

　朝から「会議」で怒られ、ノルマの数字をどうしよう、このお客に頼めばなんとかなるんではないか、こんなふうに言えばうまくいくのではないか。

　そんなことを一日中、考えつづけていると、それだけで精神的にもまいってくる。

「だいたい、九時、十時が会社の終わる定時なんです。ストレスも相当ありますので、お酒を飲みに行くとか、あと、マージャンを一、二回やって帰ることが多かったです」

　顧客開拓や仕事上のストレス発散で、酒やマージャンに熱中するように、Ａの父親はゴルフとマージャンに誘われると、断ったことがない。

「お客さま、同僚とのつきあいや激務で夜の帰りが遅くなり、また帰らない日もあり、女房、子どもには随分迷惑をかけました。いちばん大切な夕食は、ほとんど外食でした」

　子どもと顔をあわすチャンスも日曜日だけとなり、それもやがて面倒くさくなっていく。

　激しい仕事一色の生活に、同期の仲間六十人は、一年で半数がやめ、十年後に残ったのはわずか六人。

その一人である父親は、九年目には二百人の全営業マン中、営業成績が株式部門でトップになるなど社内では注目された。

Aが四歳のときのことだ。

だが、父親は、この年に過労による高血圧症で倒れ、一カ月入院してしまう。

退院後に地方転勤を勧められたが、母親に相談せず退社して、別会社の証券外務員として再出発する道を父親は選んだ。

一般に、証券会社は、事故を防ぐため、営業マンを二、三年で定期的に転勤させる。

最近は、証券ブームで、若い女性も株を買う時代と言われているが、営業マンが相手にするのは、自分で大金を動かせる中小企業の経営者が中心だ。

営業マンは、億単位の取り引きができる上得意の顧客を五人前後抱えていれば、左うちわでいられる、という。

転勤になると、その顧客をほかの営業マンに引きつぐことになるが、ときには、そのまま転勤先に継続することもある。

遠隔地への転勤だと、それができない。実力ある営業マンは、転勤を嫌って独立し、証券外務員になるケースが多い。

証券外務員というのは、会社と契約を結んで、机と電話だけを置き、電話代などの必要経費は自己負担するかわりに、手数料の六割が外務員の手に入るしくみだ。

地位とか名誉を捨て、文字通り、歩合セールスだけに勝負をかける〝一匹オオカミ〟的存在である。

「そのころ、私は仕事に矛盾を感じてました。株が好きで入った証券界ですが、ぜったいノルマ商品に投資信託があります。財産の管理人を自負している私には、お客さまに利が悪い投信募集に悩みました。組織にいる以上、募集しないわけにはいきません。好きな株だけを徹底的に研究し、自己能力の限界に挑戦したく証券外務員となりました」

現在、月収は二百万円とも言われ、証券外務員としては成功したが、その代償として失ったものはあまりにも大きすぎた。

家出した息子は屋上から……

Aにとっては存在感の薄い父親だったばかりでなく、転職して二年後、Aが小学一年のときに生まれた妹（一一歳）に、父親は、異常なほどの偏愛ぶりを示すようになる。

「主人は、妹が〝パパ〟というと〝なんだーい〟と言い、それはそれは、かわいくてしかたがないという感じでした。〝公園に遊びにいくとき、格好が悪いだろう〟と言って、妹の洋服を着がえさせ、Aが〝お父さん〟と呼ぶと〝うるせえな。ばか。早く寝ろ〟と何回も言われ、Aは主人の態度の違いに腹をたてていました」

そんな父親は、Aにとって面白いはずがない。

「（妹が生まれて）お父さんは変わりました。妹には、いろんなものを買ってやるんだけど、買ってくれと頼んでも、自分には買ってくれたような記憶がないんです。死んじゃえばいいのにと思ってました。焼きもちをやいたといわれるのがシャクで、我慢しちゃった感じです」

父親についてのAの思い出は、いやなことばかりだ。

小学二年のとき、トラックの荷台で、Aは二歳になる妹と遊んでいた。ちょっとしたはずみで、妹が転落して、あごに三針縫う大けがをした。

「お父さんにいきなり殴られて、自分の話も聞いてくれなくて、〝出ていけ〟とか、〝死ね〟とか、たぶんそんなことを言われたと思います」

興奮した父親は、玄関からAを表に突きだそうとしたが、Aは下駄箱にしがみついて離そうとしなかった。

「大きな泣き声がしましたので、びっくりして飛んでいったわけなんですけど、動転してました。二年にもなって二歳の子をトラックの上に乗せて、遊ばせていたわけですから〝それがお兄ちゃんのすることか。おまえはうちの子じゃないから出ていけ〟と言って出そうとしました」と父親。

父親への不信感が決定的になったのは、小学三年のときの家出事件だ。

Aは、夜遅く帰宅した父親に、ささいなことで怒られ「家を出ていけ」と怒鳴られた。

Aは、パジャマのまま、裸足で玄関から飛びだすと、向かいの三階建マンション屋上に駆け登った。

心配した母親は、自転車であちこち捜しまわったが、父親は、自宅の部屋で寝ころんでテレビを見ていた。

その様子をAは一部始終、屋上から眺めていた。

Aは、数時間後に戻ってくると、母親に「お母さんは心配して、ぼくをすぐ捜したのに、じじいは寝そべってテレビを見やがって」と話し、以後、反抗的態度を一層強めていく。

「柱とかに、ボールペンで〝くそじじ、死ね〟とかほってました。それでお父さんの洋服とかも、お父さんだと思ってカッターナイフで引きちぎったりして。お母さんのこともむかつけば〝くそばばア死ね〟とか、電球の傘とか、見つからない場所に書いて、うっぷんを晴らしてました」

夫婦関係も冷えこみ、母親も家出したり、「離婚」を口にするようになっていく。

集団万引事件

「小学四、五年のころ、離婚の話を、お母さんから自分によくもちかけてきました。〝ほんとうは私は離婚したいんだけれども、離婚したら自分の妹がかわいそうだから離婚しないんだ〟と言ってよく泣きついてきました。二階に自分の部屋があるんですけど、一階の台所で、お母さんとお父さんがもめているということが何十回とありました。お父さんが家に帰ってくると、もめてました」とAは、証言している。

Aが小学四年のころ、父親との生活に我慢しきれなくなった母親は、家出して、実家に帰ったことがある。

「私は、家出をして実家で泣いてました。そこへAが友だちと二人で来て。〝お母さん、帰ってきて〟と言いました。〝お父さんはなんと言ってた〟と聞くと、Aは、〝おまえが悪いから、あやまってこいと言ったから来たよ〟と言うんです。私は〝主人の態度がいやで、自分自身も情けなくなって出てきたのに。Aのせいじゃないのに〟と思いました。夜、十時にやっと帰りました」

父親と母親は、顔をあわせると、離婚の話になった。父親は「いつでも判はついてやる。あとは子どもの問題だけだ」という決まり文句をはいた。

しかし、母親は、二人の子どものことを考えると、離婚に踏みきれなかった。

A自身は、父親は、お金も入れてくれないし、なにも構ってくれないので、離婚してもおなじだ、自分は母親のほうについていけばいいと考えていた。

このころ、証券外務員に転職した父親の仕事は、かならずしも順調にいっていたわけではない。

母親は、何度も父親に催促されて、ピアノ教師でためたお金を工面させられた。

「一年に何回も主人が〝おい、金出せ〟と言い、二万、三万と逆に主人にお金を渡していました。ひどいときには〝お客さんに立替えのお金がいる。今日か明日中に五十万、銀行に振りこんでくれ〟ということもあり、月日は忘れましたが、〝友だちと共同で寿司屋を出すから、なるべく多く金をだせ。なければ三十万円でいい〟と言われたことがあります。一生懸命、都合をつけて渡すと〝うまくいけば、一カ月に五万から六万の副収入が入る〟と言って、そのまま年月は過ぎました」

　金の催促が重なるので、母親は、便箋に借用書を書いてもらうことにした。

「何枚もたまりましたので、主人に見せると、いやな顔をして〝一度にまとめて返してやる〟と怒りました。使った枚数はわかりませんが、便箋一冊分がなくなりました」

　Ａが小学五年のころ、父親は、手がけた株が暴落、客に損害を与えた。

　父親は、自分の株を処分して五百万円を払い、残りの損害を給料から返済したため、Ａが中学を卒業するまでの約四年間、家には金を一円も入れず、家計はピアノ教師の母親の肩にかかった。

「一家のほとんど全部を自分一人でやっていかねばならず、ほんとうにつらい毎日でした。でも負けるわけにいきません。外泊の多い主人のことは考えないようにして、毎日のピアノ教師の仕事と子育てにつくしてきました」

　夫婦関係の亀裂が深刻になるのと平行するように、Ａの生活も荒れていく。

　ある日、Ａが文房具を集団万引したことが学校にわかって、母親は学校に呼びだされた。

　盗んだ品物の数があわず、生徒指導の教師から「Ａにぜったいに内緒にしますから聞きだしてください」と頼まれた。

　母親は「ぜったい」という言葉を信じ、やっとのことでＡから聞きだすと、Ａに見つからないように「まだとっていたようです」と、教師に連絡した。

「学校に正しいことを言わなくちゃと、自分の判断で言ってしまいましたから。子どもは、ぜんぜん、かばってあげてませんでした」

だが、翌日、それがAにわかってしまう。

「〝だれにも言わないでね〟と言ったのに、次の日、学校へ行ったら、その先生が知ってて、〝てめえ、きのう、お母さんに言ったろう〟という感じで殴られました。もうぜったい、お母さんは信用できないと思うようになりました」

この出来事が、Aの心に大きな傷となって、しこっていたのだろう。

今回の事件で母親が拘置所にいるAに会いに行ったとき、母親は「言わないと言ったのに、先公に言っただろう。だから、てめえは信用できねえんだ」と怒鳴られた。

〝怒る〟と〝しかる〟の違い

「そのときから、もう親子という感じじゃなかったと思います」とA。

Bとおなじように、母親に裏切られたAは、満たされない愛情飢餓感を、年上の女の子に求めはじめる。

五年の夏、ハンバーガーショップで「かわいい顔してる」と声をかけてきた一年上で六年の女の子とつきあいはじめる。

彼女は髪の毛を染め、「スケ番」と呼ばれていた。

「お母さんは、女の子と話していると邪魔しにくるんです。盗み聞きしてたり、電話していると、光がありますよね。それでお母さんの影だとわかって。そうっと行くと、お母さんが盗み聞きしていたり、あと電話しているときに〝私にも電話を使わせて〟とか、用事もないのに、部屋に入ってきて、自分と女の子の話を聞こうとしたり、そういうことをするので、なにか、すごくいやでした」

そのころから、Ａは、家の電話の受話器をたたき割ったり、母親に乱暴して、腕や足をはらすようになる。

部屋に入ってきた母親を、電話をかけながら殴り、相手の女の子から電話で「やめなさいよ」と言われたこともある。

「僕は、よく、その女の子のひざの上で昼寝をしてました。耳掃除をしてもらったりして、とても幸せでした。この女の子といるといちばん落ちついてました」

エロ本を読みはじめるのも、このころからだ。

冬には、遊び友だちの家で、二歳年上の中学一年の姉と知りあった。

父子家庭で、父親は愛人のところに出かけて留守がち。髪を染めたりパーマをかけた女の子のたまり場になっていた。

Ａは、その家に泊まり、中学一年の女の子といっしょに寝て、そこから小学六年の女の子に電話をかけたり、学校に通ったこともある。

「電話以上というか、その女の子の家に泊まりに行ってＢ（ペッティング）までやりました。Ｂ

までやっていると、セックスがしたくなって、〝やらせてくれ〟と、いつも言ってました」

小学五年を終えた春休みのある日、母親が、泊まりつづけていたAを迎えにやってきた。母親の「家に帰ってきて」との訴えにAは「土下座して頼んでみろ」と言った。母親は、Aの友だち七、八人が見ているまえで、道の上で土下座して「家に帰ってきてください」と言った。

Aは「うるせえ」と、母親を追いかえした。

完全に親子関係は逆転した。

家では荒れていたAだが、学校では人気者で、六年になると、学級委員になり、生徒会では副議長に選ばれた。

胸に副議長のバッジを付けて、得意だった。

しかし、図工の時間に番長と大げんかして、教師にバッジを取りあげられた。

きっかけは図工室で、番長が後ろから、スリーパーというプロレスの絞め技をかけてきたためだ。

Aは、習った空手技を相手の腹に決めたところ、番長が逃げだし、もう一つの図工室にいた教師の後ろに隠れて、助けを求めた。

Aは廊下にあった消火器を噴射し、空っぽになった消火器を投げつけた上、イスを振りまわして次々にガラス窓をたたき割った。

「消火器を持とうと思ったときから、もう三年Ｂ組金八先生のシーンが頭のなかに入っていて、ガラスの窓とか全部割ってやろうと考えていました。先生は、すごく驚いたというか怒ってました」

担任をはじめ学校中の先生が図工室に集まって、Ａを怒鳴りつけた。

「自分は聞く耳を持たないで、ハイハイという返事だけして、〝うるさい、このやろう。早く終わらないかな〟と思ってました。新任の先生で、自分をしかった先生がいました。〝おまえ、消火器ばらまいて面白かったろう。おれもやってみたいけれど、先生だからできない〟というところから入ってきて〝こういうことやったらほかの先生に迷惑だろう〟という感じで注意して、そのとき、はじめて悪いと思いました。金八先生みたいな先生がいればいいな、といつも思ってました」

法廷でＡは、怒るのと、しかるのとは違うとたびたび、主張した。

「怒るというのは、腹を立てて感情的になることで、しかるというのは教え、さとすということだと思っています」

もう学校に来るな

消火器事件で、Ａの名前は知れわたるようになる。

ほかの小学校に殴りこみをかけたり、暴走族の集会に出たり、Ａの荒れようは、歯止めがきかなくなっていく。

母親は、そんなAを柔道の道場に入門させた。Aの不満のはけ口を柔道で発散させようとしたのだ。

だが、そこは、区内ではけんかがいちばん強い中学の総番長をはじめ、不良グループのたまり場だった。

柔道の練習が終わると、総番長が、小学校の番長を相手にけんかのしかたを教えていた。

「道場に柔道を教えてもらいに行ったのではなく、けんかのやり方を教えてもらいに行っていたと思います。ぼくはここで、悪いことをいっぱい教えてもらいました」

Aは、地元の中学の不良グループからもかわいがられた。

頭をパンチパーマにし、ソリを入れ、まゆ毛を落とし、洋品店から盗んだ最新流行の服を着こんで、たまり場になっている中学三年の家に遊びに行った。

「チャリンコ暴走族だ」と言って、自転車のカゴにカセットデッキを入れ、音楽を流し、爆竹をばらまきながら自転車を乗りまわして遊んだ。

「区内の小学校を全部シメようと、三人で殴りこみをかけ、ほとんどシメました。相手の小学校へ行って、給食を食べてきたこともあります。相手の小学校の番長が出てこないと家に石を投げたり、落書きをしてました」

「ぼくは学校に行っても、先生に〝腐ったミカン〟扱いされてました。ぼくは友だちと、放課後、クラスで飼っているインコを逃がしたり、おたまじゃくしを殺したり、嫌いなやつの音楽の笛をクソにつけたりしました。悪いことをしてないと、落ちつきませんでした」

こうした乱行ぶりが学校に知れて、担任や学年主任から「もう学校に来るな」と言われ「もう二度と来ないよ」とタンカを切って、家に帰り、学校に行くのをやめた。

母親は心配して、当時、ヨットに乗せて登校拒否児の世話をし、スパルタ教育で知られた「戸塚ヨットスクール」に入門させようと電話した。

「学校から追いだされたと思った母は、戸塚ヨットスクールに電話して、校長と毎日、電話で話をして、ぼくも戸塚宏と話をしました。戸塚宏は〝君は、歩む道をまちがっているが、ヨットに乗って、更生しろ。入門しろ〟と、ぼくに言いました。ぼくはヨットスクールに入門することになりました」

しかし、暴走族の先輩から、ヨットスクールの実態を知っている者が「竹刀《しない》で殴られ、半殺しにされた人がいる」と言っている、という話を聞き、母親に「行きたくない」と訴えた。

けっきょく、家庭訪問に来た担任が「どうした。かぜでも引いたのか。おまえが来ないから、先生、寂しいよ。学校に来い」と言ってきたため、ふたたび学校に行くことになった。

ところが、学校に行くと、なにもしていないのに、生徒指導の教師に屋上に連れていかれて殴られたり、蹴られたりした。

「そのことを母に話し〝このことは黙っていてね〟と言ったのに、次の日、学校に行ったら、先生は、そのことを知っていて、また殴られました。ぼくは、先生を心から憎いと思いました。と同時に、母をぜったいに信用できなくなりました」

Aに手を焼いた母親は、担任教師の勧めで、警視庁の少年補導センターに相談、Aも一、二度行ったが解決策は見いだせなかった。

「相談所に行くとぼくは態度を変えて、いい子ちゃんにしてました。先輩から聞いた話によると、相談所の先生に反抗すると少年院に入れられるというので、いいことしか話しませんでした」

決定的な挫折

小学六年の夏休みからはじまった暴走ぶりは、卒業間近になって、ブレーキがかかってきた。普通の子とも遊ぶようになったからだ。

「もう六年の終わりころには、落ちついていたというか。けんかで十分名前を売ったし」とA。

その子は、小学校ではトップの成績で、私立の名門進学校へ進むはずだったが、たまたま受験日にかぜをひいたため、落ちてしまい、Aといっしょに地元の公立中学に進学することになった。

「頭のいい子で、ぼくといっしょにかっぱらいをやっていたやつよりも、知らないことを知っているし、以前は勉強できるやつは敵だと思っていたけれど、ぼくの話も聞いて笑ってくれるから、普通にまじめな人と遊んでいるほうが楽しくなりました」

Ａは、中学に進学した。

母親は、荒れた生活を送っていた息子なのに、中学に進学できたので、うれしかった。入学式に出かけて、掲示板のまえに行き、息子のクラスがどこか探していたら、二人の母親の会話が耳に入ってきた。

「ねえ、ほら見てよ。いやだわ。あの非行少年のＡとおなじクラスよ。先生に言って、取りかえてもらいたいわ」

「ほんとうね。どんな親かしら。親の顔が見たいもんね」

「まったくね」

母親は、こんな二人の会話を聞いてショックを受けた。谷底に突きおとされた気持ちになった。

「その場にいられず、校庭の隅へ泣きながら歩いていきました。何分間か泣いて、校舎のほうを見ると、Ａは相変わらず友だちとニコニコ笑っていました。〝私が、その非行少年の母よ〟と心のなかで叫び、泣いていました。〝きっと立派に育てる〟と思い、泣き顔で下を向いて講堂のほうに歩いていきました」

母親は父親に「お父さん、Ａは中学に入ります。Ａのことはよろしくお願いします。肉体的変化、精神面の成長と男親のほうが同性でいいと思いますから」と言ったが、父親は、無言のまま、なにも返事をしなかった。

柔道に熱中して

Aは柔道部に入部した。

小学時代の最後のころに知りあった頭のいい親友ともおなじクラスで「柔道部でいっしょにやろう」と誘われたからだ。

この親友と柔道の練習に打ちこみ、一年のときから頭角を現した。

区大会の個人戦に出場、Aは、いきなり三位となった。

東京都大会の団体戦では日本一の中学と対戦して敗れ、二位となったが、Aは自信を持ちはじめた。

二年になると都大会優勝を目標に、ライバル校の卒業生から練習内容を聞きだし、それ以上の練習量をこなした。

「親友と学校に通うのが楽しかった。みんな相談してやりました。柔道部一丸となって、黒板に〝××校打倒〟〝目標全国制覇〟と書いて、それで練習しました」

学校の練習だけで満足せず、Aは家で母親から買ってもらったベンチプレスを使って筋力トレーニングに励んだ。

途中、練習がつらくて柔道部をやめようと思ったが「ライバル校を倒せば、全国制覇じゃないか」と、親友に励まされ、スランプを乗りきった。

二年、三年と念願の都大会優勝は逃したが、区大会、地区大会では優勝した。

「そのときの（顧問の）先生は柔道の技を教えるよりも、精神を教える先生でした。柔道部で二つ上の先輩にケガをさせて病院に運ばれちゃっても、ぜったい感情的になって怒らないで、しかるんです」

柔道にエネルギーを燃焼させたAは、母親へ暴力をふるうこともやめた。

しかし、父親の株の失敗は尾を引き、税金も払えない状態で、母親がピアノ教師の収入から肩代わりしていた。

「家庭でも暴力をふるうことがなくなり、穏やかな日が戻りました。けれど、家計の上ではいちばん苦しい時期であり、息子以外のこと、とくに主人との夫婦関係はもとのままでした。私は、息子が頑張ってくれているのに安心したことと、生活するのが精いっぱいで、夫婦の対話を求めようとはしませんでした」

女の子に安らぎ求めて

Aは柔道に熱中するいっぽうで、心の安らぎを女の子との交際に求めつづけた。

中学三年の五月に、おなじ学年の女の子とホテルではじめてセックスした。つきあった女の子の人数は十数人にのぼる。

Aは、上申書のなかで、女の子との交際を次のように書いている。

「女の子とつきあわなかった時期というのは、女の子と別れて、次の女の子に行くまで一カ月ありませんでした。(女の子とつきあっていないと)なにか寂しいというか、エッチが好きとかじゃなくて、自分の話をよく聞いてくれる人が(いると)落ちつくというか」

女の子とのつきあいでは、こんなことがあった。

「F子がナンパされて、どうも妊娠したみたいだから、ぼくに産婦人科につきあってほしいと言われ、F子と、彼女の友だちとぼくと、柔道部の後輩の四人で産婦人科に行ったのですが、F子は病院に入りたがらないので、わけを聞いてみると、ぼくとデートしたいからウソをついたと言っていました。しょうがないから、ぼくは四人でデートしました」

後楽園の遊園地で乗り物に乗っていたら、F子とF子の友だちが「気分が悪くなったから休みたい」とベンチに座った。しばらくするとこんどは「横になりたい」と言いだした。

Aと男の子二人が、戸惑っていると、F子が「あそこにホテルがあるからホテルで休みたい」と誘ってきた。

「ぼくはお金がない」とAが答えると、F子は「今日は、いっぱい持っているから、お金のことは心配しないで」と笑った。

四人はホテルに入った。

「なぜか、ホテルに入ると、二人とも元気で、ビールを飲みはじめ、F子の友だちと後輩はべつの部屋に行き、ぼくはF子と二人になってしまいました。ぼくはどうしていいかわからなくなり、テレビをつけたら、エッチなビデオが流れてきて、テレビを消して、音楽でも聞こうと思い、そしたら、女の人のもだえている声が流れてきて、とんでもないことになったと思いました」

Ａは、はじめてのセックスは、べつな女の子とするつもりにしていたので、Ｆ子とはＢまでで我慢して、セックスはしなかった、という。

そのべつの女の子、Ｊ子とは、それから数日後におなじホテルでセックスした。

「四月のはじめころ、Ｊ子がぼくに〝私のバージンをＡ君にあげる。それがＡ君の誕生日プレゼント〟みたいなことを言われ、早く誕生日がこないかと楽しみでした。だからＦ子とはセックスしませんでした」

Ａは、部活が終わると、ほとんど毎日のようにＪ子を家まで送った。途中、Ａの部屋でセックスした。だが、そのＪ子とは八月に別れてしまう。

Ｆ子は「バージンはＡでなきゃだめだ」というので、ＡはＦ子ともセックスした。

「Ｆ子はなにを思ったか、ぼくになんでも一番になってほしいと言いだし、当時、流行した〝Ｋファクトリー〟という有名ブランドの洋服をやたらにプレゼントしてくれました。〝Ｋファクトリー〟は、とんねるずとかが着ていた洋服のメーカーです。ぼくは頼んでもいないのに、こういった洋服をいっぱい買ってもらいました。ぼくはなんか、Ｆ子のヒモみたいでした」

クラスでいちばん頭のいい女の子、Ｈ子には、放課後に勉強を教えてもらった。三日に一度は家まで送った。酔っぱらうとＨ子の顔を見たくなり、彼女の家に出かけて行った。

柱をよじ登ると、ベランダに出て、H子の部屋に入った。セックスはしていない。

「ぼくは女の子とつきあって別れても、口をきかなくなるとか、無視するとか、そういったことはしていないし、されません。別れたって、いい友だちっていう感じでつきあっています。いい友だちと言っても、つきあっているときと、かわりません。ただ、別れたというだけで、あとセックスしなくなるくらいです」

柔道で活躍したAは実力が認められ、数多くのオリンピック選手を出した私立大の付属高校に、柔道の特待生として入学することになった。

Aは地元の私立高校を希望したが、父親が、反対した。

「お父さんが、将来、大学に行って柔道やるんだったら、本持ってきて、私立高校の進学率は一パーセントしかなくて、付属高校は九五パーセント以上あるから、有利だというんで。あと、ぼくの親友が受けるというんで、付属高校にしました」

中学三年から家庭教師についていたが、付属高校に志望先を決めてからは、必死になって勉強した。それまでは偏差値は33だったのが、57まであがった。

Aは、付属高校に合格した。

「ぼくが高校に合格したと電話したら父は〝会社にこい〟みたいなことを言って、日本橋にぼくと親友の二人を呼んで、鰻重《うなじゅう》と鯛《たい》をおごってくれました。父は、すごく喜んでいたので、ぼくもなんかうれしかったです。母も喜んでくれました。でも、試験を受けるまえから合格することはわかっていたから、父や母が喜ぶほどうれしくなかったです」

Aにとって卒業式は、忘れることができない思い出としていまも残っている。

卒業式が終わると、Aは同級生や後輩の女の子に取り囲まれ、あっというまに、学生服のボタンを取られてしまった。袖のボタンもなくなり、校章やえりのカラーまで持っていく女の子がいた。好きな子にあげると言われていた第二ボタンだけはH子のために残しておいた。

その夜は、駅前の居酒屋に男だけが集まり、卒業パーティーを開いて大騒ぎとなった。

「ぼくたちのグループは、四、五軒、店を回りました。どこで、どうなったかわからないけど、気がついてみたら、ミスタードーナッツで、H子と二人でなにかを話してました。自分ではわからないし、記憶にもないです。H子は涙ぐんでいました。ぼくはわれにかえると、高校の話をして、H子の家に送っていって、ぼくの家に帰り、ぐっすり寝ました」

名門高校柔道部でのリンチ

付属高校の入学式は、九段会館で行われた。

男子校だったため、教室にはアイドルのポスターやヌードカレンダーが張ってあった。

教室で授業中にエロ本を読んでいても文句は言われなかった。

「理科の先生が、エロ本を全部取りあげて、理科の問題を出し、答えられた人から好きなエロ本を持っていくという、変な先生もいました」

規則は厳しくなく、先生は生徒を信用していて、みんな、のびのびしているのが、中学とは違ったことだ。

「学校は自由で、普通は学生服着ていかなきゃいけないという規則があるんですけど、ジーパンはいて行っても、先生が〝おまえ、格好いいの、はいてるな〟という感じで、先生は生徒を信用しているというか。ばかみたいに先生に反抗するやつとかは、みんなから除け者にされて、学校やめちゃいます」

キャンプのときに、テントのなかでたばこを吸い、酒を飲んで、怪談話をしていたら、学年主任が入ってきた。

「酒やたばこのことはなにも言われませんでした。言われたことは〝酒をくれ。たばこをくれ。もっと、怖い話をしろ。ただ、寝たばこでテントは燃やすなよ〟ということだけでした」

柔道特待生だったAは、春休みから学校に通い、柔道部の合宿練習に参加した。

柔道部は、新人を入れて約四十人。

全国の中学校から強豪選手を集めていた。

軽量級が六人、中量級が十人。残りが重量級で、百キロを超える巨漢選手が多かった。

練習も中学とは比較にならないほど厳しかった。

「週二回は、朝五時に起きて、始発電車に乗っていかないとまにあわない。帰ってくるのが九時とか十時がほとんどで。自分は全国で一番になりたいので高校に入ったのだから、練習は苦になりませんでした」

順調に通っていると安心していた母親に、六月下旬のある日、Ａが、突然、訴えた。

「お母さん、学校やめたいよ。柔道やめたい」

「どうして」

「おれだけが、いじめられるんだ」

「いじめているのではなく、強くなるように、先輩がしごいているんじゃないの」

「いじめているんだよ」

「そう」

こんなやりとりのあと、Ａは「てめえは、おれのつらさがわかんねえ」と言って母親を殴った。じつは、軽量級で、体重が五十五キロしかないＡにとって、柔道部の生活は〝生き地獄〟だったのだ。

体が小さい上に反発心が人一倍強いＡは、上級生の格好のいじめの対象になっていた。

中学時代に、柔道の道場に通ったり、練習を人一倍やったＡは、おなじ軽量級同士で戦うと、先輩は力が弱く、相手にならなかった。

「三年生の先輩とかと乱取りやってると、自分のかけた技、かけた技が入って。先輩がぽんぽん投げられちゃって、それを見た先生が、その先輩のことを殴るんです。それで、練習終わってから、殴られた先輩が自分のことを〝なんで、てめえ投げるんだ〟という感じで殴ったり、蹴ってきたりして」

先輩を投げてはいけない、と思ったAは、次の日から先輩に負けると、こんどは、教師が「おまえ、昨日は投げられたのに、今日はなんで投げないんだ」と、張り手のようなパンチを加えてきた。

「先生に殴られるのがいやだし、だから次の日に、先輩を投げると、また先輩に放課後、先生がいなくなってから、いじめられるという感じで、それがいやでした」

Aは、軽量級や中量級の先輩がいじめてくると、反抗するようになった。

するとこんどは、重量級の先輩に腰払いをかけられ、百キロ以上の体で乗っかられた。息ができず、窒息しそうになった。

先輩たちのリンチがいのいじめの対象にもされ、Aは次第にやる気をなくしていく。

とくに二人の先輩のいじめは執拗《しつよう》だった。

付属高校には道場がないので、高校生は、隣の短大の体育館に行って練習した。

体育館は、半分が柔道の道場、残り半分が剣道の道場で、板の間だった。

夏休みまえのことだ。

三年の先輩は、Aに投げられ、教師から〝おまえはAより弱いのか〟〝この三年間になにやってきた〟と言われ、殴られた腹いせにAをいじめた。

「〝おまえ、柔道がそんなに好きなら、おれが投げこみやってやる〟と言われ、板の間で投げこまれました」

　腰を痛め、一カ月、接骨院に通った。

　もう一人、二年の先輩がいじめてきた。

「スプレーの殺虫剤を噴射させて、火をつけると火炎放射器みたいになるんです。それを近づけられたり。ぎょうざ耳と言って、鉄アレイで耳をつぶそうとしたり……」

　ぎょうざ耳というのは、鉄アレイのへこんでいる部分に置いた耳を、べつの鉄アレイでたたきつぶすことだ。

「耳をつぶそうとしてるじゃないですか。自分がやられると痛いから、ウォーッて叫びますよね。それを見て面白がって笑ってました」

　教師がいないときは、先輩にえりをつかまれ、絞めおとされた。

　交差させた両手で左右のえりをつかんで引くと、首が絞まって、息ができなくなる柔道技の一つだ。

　十五秒か二十秒も絞められると、意識を失ってしまう。

「一日に四、五回も絞めおとされると、顔に赤いはんてんが出てきちゃって、目のなかも真っ赤に充血しちゃいました。口が回りませんでした。そのうち先輩に殺されるんじゃないかと思いはじめました。寝てても殴ったり、蹴ったりする先輩が夢のなかに出てくるようになって、夜も安心して眠られなくなりました」

母親は、Aの「殺されそうだ」という訴えに驚き、練習風景を見に行った。

そのときのことを母親は、こう証言している。

「眼帯をしているお友だちと先輩がいて、目が真っ赤で、〝どうしてあんな真っ赤なんでしょうね〟と隣の人に言ったら、その方のお子さんだったんです。それで〝絞めおとされて、死ぬか生きるかということで力んだため、目の筋の白いところが全部切れて、あれでもよくなったのよ〟と言われて、あんなに絞めというのは、すごいのかなと思って、びっくりしました。ほんとうに死ぬか生きるかの瀬戸際で、一日一回じゃなくて、何回も絞めおとされて……。そういうのを聞いたら……。どうしたらよいか、私自身、よくわかりませんでしたけど」と母親。

夏休みの柔道合宿でも、Aは先輩に呼びだされた。

「死ぬほどつらかったです。〝暴走族やれ〟と言われ〝なにをやるのかわからない〟と答えると、イスに座る格好で両手をまえに出し、口で〝ボンボー・バンボー・ボンボンボー〟などと言うのです。これは、足と腰が、ガクガクになります。これを、何十分とやらされるのです。これは地獄でした。練習より、この暴走族のほうがつらかったです。十分もやると、まともに立てませんでした」

監督にAが訴えても「闘志なき者は去れ」と言って、相手にしてもらえなかった。

ろっ骨を折られた母親

九月の新学期がはじまってまもなく、Ａはふたたび母親に「学校をやめる」と訴えた。

「この大切な時期に主人はシンガポールに旅行へ行ってしまいました。私も何回か学校へ行き、どうにかならないか、いろいろ相談にのっていただきましたが、だめでした。本人はカバンを持って家を出るのですが、学校へ行かない日が増えてきました」

Ａは、先輩のいじめでたまったうっぷんを暴力などで晴らすようになる。

「先輩のことを考えるだけでイライラしてきて、町の人、歩いている知らないおじさんに殴りかかってみたり、そうでもしなければ恐怖をまぎらわせないというか」

母親への家庭内暴力もふたたび爆発した。

「ちょっとやそっとのことでは、うっぷん晴れないから、普通のリンチじゃなくて、お母さんが全身打撲になるまで殴ってました。だから、お母さんが逃げて隅まで行きますよね。隅まで行っても蹴ったり殴ったりして、悲鳴あげて助けを求めるんだけど、それも聞かないで、ボコボコ殴ってました」

母親は、ろっ骨を折られ、顔に二針も縫うけがをした。

「麻酔をかけると傷口が汚くなるというので、麻酔しないで、そのまま縫いました。もう、こんな子いらないと思ったり……それで、そういうふうに思うのが通じちゃうのか、ぶっ殺してやるとか、もう、それはそれは、想像がつかないほど、すごかったです」

夜中の二時、三時に、寝ている妹を「てめえ起きろ、おれが怒っているのに、なんで寝てんだ」と怒鳴って、たたき起こした。

電話、ガラス窓、イスを何度も壊した。

「イライラしてくると、かたちがあるものは、全部壊したくなってきちゃって。電話だろうが、窓だろうが、全部、壊しちゃって。一週間に一回のペースで、電話をぶっ壊して、ＮＴＴの人が来て直して、またぶっ壊してという感じでやってました」とＡ。

「もう、全部、割れたり、それを主人に見つかると、主人が、また子どもを怒るので〝じじいが帰ってくるまで、直しておけ〟と言って、直してないと、また暴れるので、もうガラス屋さんに〝またですか〟と言われるほど……」と母親。

シンガポールから帰国した父親を伴って母親は学校を訪れ、抗議した。

「いじめのことを監督に言いますと、監督はもう〝退部する者はガタガタ言うな〟ということの一言で片づけられました」と父親。

しかし、担任だけは理解を示し「一柔道部の問題ではなく、学校全体の問題だ。一人の生徒を救えなくて、なにが教育か」とかばってくれた。

その担任教師が調査したところ、一年の柔道部員十人のうち、ほとんどが、その先輩に恐怖感を抱いていることがわかったという。

「家庭内暴力が爆発したときに、Ａの悩みに共感し、私ももっと話を聞いてやるべきでした。私は、その先輩のところへ自分から稽古《けいこ》をより積極的につけてもらいにいくように指示したのですが、先輩の怖さを知らないから、そういうことが言えるのだと、心底怖がっていました。いじめもほかの一年生とおなじなら耐えられるが、自分にはとくにひどいと涙ながらに打ちあけていました」と、父親は、Ｃの父親とおなじように認識不足を悔やんだ。

柔道をとるか、彼女をとるか

Ａは、夏休み前から中学時代の同級生だったＤの姉とつきあいはじめた。毎日のようにデートをつづけ、彼女はＡの不満の聞き役になっていた。

だが、二人が東京駅で体をくっつけあって歩いているところを駅員に補導され、二人の交際が学校に知られてしまう。

「Ａは、カバンを持って出たのですが、東京駅から電話があり〝お子さんを補導しました〟と言われました。駅の補導所に行くと、二人は手を握りあって離さないのです。〝東京駅の構内を異常な格好で歩いていましたので、もしかしたらと思い、ここへ連れてきました〟と言われ、いろいろ調べられて、やっと家に帰ることになりましたが、二人は〝おれたちだけで帰るから〟と言い、二人は手を握って、靴をずって、だらだらと歩いて反対のほうに行きました。柔道部でのいじめの苦しみを、Ｄ君のお姉さんで、まぎらわせているのだと思い、Ａが哀れでした」と母親。

学校側は、AとDの姉の二人を呼びだして、交際をやめるか、柔道部をやめるかのどちらかだと迫った。

「学校でのトラブルもあり、このころ、監督は、明らかにAを退部のほうにもっていこうとしてました。私たち両親は〝Aはまだ子どもですし、成長するし、変わると思いますから、長い目でご指導願います〟と再三お願いしました」と父親。

学校側は、三日間の停学処分として、そのあいだに、柔道か、彼女をとるかを考えて結論を出し、親といっしょに登校するよう指示した。

Aは、珍しく父親と話しあった。

「自分にとっては柔道しかないので、もう一度、柔道で頑張りたい」というのが結論だった。

父親といっしょに学校へ行き監督に会った。

ところが、監督は「柔道をやるなら、彼女には卒業まで交際を待ってもらうこと。いまは自分を磨け。合宿所に入る条件で、柔道部の在籍を許す」という、Aにとっては非情な条件を突きつけてきた。

合宿所だとふたたび、先輩たちのいじめにあう、Dの姉にも会えなくなるという二つの理由で、けっきょく、Aは、退部することにした。

学校からの帰り、駅のホームで父親は、再度、柔道をつづけるよう説得したが、Aの気持ちは変わらなかった。

「柔道で身体と精神を鍛え、高校だけは卒業し、就職は私が責任を持つからと。私の夢は、Ａを証券マンにすることでした。私の経験を話し、現在を話し、証券界の将来性と夢を売る職業であることをわかりやすく話しました。お金にこだわるので、給料も初任給は二万二千円だったが、現在は少しずつ上がって、いまはいくらと給料明細まで見せて、説得しました。Ａはホームで私の話を聞いて、迷ったのですが、けっきょく、退部してしまいました」

誤った選択

青春のすべてを柔道に打ちこんでいたＡにとって、退部は決定的な挫折となった。

自分を見失い、家庭内暴力は一挙にエスカレートした。

居間のカーテンに火を付けて燃えあがったこともあった。

「私が蹴られて痛くて泣くと〝痛いか、てめえはおれが小学生のころ、靴べらでぶったろう。万引きのときも言わないいって言っただろう。先生にこうして殴られ、イスでもやられたんだ〟と大声で怒鳴るのです。私は身の危険を感じたので、寝るとき包丁を隠したりしたこともあります。このときは、主人がなにを言っても、なんの効き目もなく、家のなかは地獄のような状態でした」

思いあまった両親は、元警視庁で少年問題を担当していた心理カウンセラーに救いを求めた。

「先生に言ったら〝もう子どもは承知でなんでもやってるんだから、逆なでしないように〟とか

〝まず気分を落ちつかせなさい〟ということをずうっと言われました」

月に一、二回は訪ねてAの状況について話はするものの、Aをどうやって立ちなおらせたらよいかについて、夫婦で話しあうことはなかった。

「主人に言っても〝てめえがそうやって育てたんだ〟と言われてしまって、なにか言えば〝うるさい〟とか、もう会話はつづかなかったので、なにも相談しませんでした」

柔道部を退部したAは、授業にはついていけず、駅のホームで他校の生徒とけんかして、無期停学処分をくらう。

無期停学中でも、Aは学校へ通った。

「教室には入ってはだめで、学校に来たら、すぐに相談室に来るように言われたので、無期停学になってからは、毎日、学校に行き、いろんな先生と相談室で相談しました。そして反省文を何十枚と書かされました。そして、停学が切れて、教室に戻ることができました」

だが、Aは授業に出ても、難しくて理解ができなかった。

「中学時代の偏差値が56、57いったと言っても、付属高校は偏差値が65ぐらいの学校だから、ぜんぜんついていけないし、柔道部のときだって、柔道の練習やってるときは、授業中は全部寝ていたし、だから授業を十月からいきなりやれったって、なにやっていいかわからなかった」

泣きながら書いた退学届け

このころからAは、綾瀬駅前にたむろして酒を飲んだり、暴走族の仲間とけんかしたり、暇さえあれば、Dの姉と会って、セックスしていた。

翌年二月になって、Dの姉の友だちが家出してきて、Aの家に五日間ほど泊まった。そのことが、Dの姉の学校にばれてしまい、不純異性交遊という理由で、Dの姉は退学処分となった。

Aも学校へ行かなくなる。そして、中学、高校時代の先輩の父親が経営するタイル店で働くことになる。

三月三日に両親といっしょにタイル店を訪れ「よろしくお願いします」とあいさつしてきた。

「当時、地元の仲間が次々に高校をやめちゃったりして、おれも早く高校やめて仕事したいなと思ってました」

店では社長や職人にかわいがられ、見習いタイル工として、Aは働きはじめた。

「地元の友だちで、無職はだれもいませんでした。高校生の友だちはべつとして、だれが一番多く給料をもらえるかが競争になり、仕事を休まなくなりました。そして、ぼくの地元の仕事をしている友だちのなかでいちばん早く一人前になり、独立できるかが、競争になりました。独立とは、小さくても会社の社長のことです。ぼくは、人一倍負けず嫌いなので、早く仕事を覚えようと思い、仕事をしているときは、すごく真剣でした」

三月末に、タイル店の社長から「ちゃんと高校にあいさつに行ってこい」と言われ、高校に行った。

「担任の先生から〝学校から退学させられるより、自主的に退学届けを書いたほうがいいんじゃないかしら〟と言われ、その夜、私は泣きながら、退学届けを書きました。中学時代、〝非行少年〟のレッテルを張られながら、柔道で立ちなおったAが、その支えである柔道を失ってしまったのです。あんなに希望に燃えて進学した高校を、いじめによってやめなければならなくなったA。このあと、なにを目標に生きていくのでしょう。Dのお姉さんとのつきあいで、立ちなおってくれればいいが、私は失望と不安でいっぱいでした」と母親。

そんな母親の心配をよそに、Aは、仕事に意欲を見せていく。

あるとき、タイルの仕事で、たまたま、暴力団の家に行ったところ、組員になっているAの友だちに出会った。

ローレックスの金むくの時計、金のブレスレット、指輪、ネックレスと、派手な装飾品を身につけていた。

「その友だちが〝Aじゃないか〟と声かけてきて、組の人が〝おまえもこんな世界、こいつみたいに入っちゃいけないぞ。まじめにやっていたほうが楽しいんだから、こんな世界ほどつらいものはない〟と言ってました。なんで、そういうことを言っているのかわかりませんでした」

Aは、組員が言った意味がのみこめず「ヤクザになれば、金回りがいいんだな」と思った、という。

皆勤賞を何度かもらい、給料のほとんどは、貯金した。

「Ｄ君のお姉さんから〝二十歳になったら結婚しようね〟と言われ、十八歳じゃ早いし、給料も安定していないし、一日、日給が六千円じゃ生活できないし、最低一万円もらわないと。早く仕事を身につけて頑張ろうと思って」

Ａのまじめぶりを示す話がある。

あるとき、タイル張りの仕事を終え、家に帰ってＤの姉と遊んでいたら、突然、雨が降ってきた。

「セメント何十袋を外に置きっ放しだったたから、雨が降って、セメントが水分を吸ったら固まっちゃうんで、やばいと思って、タクシー乗って現場に行き、セメントを雨にぬれない場所まで片づけました」

給料日には、みんなが集まって、家族みたいにお酒を飲んで、寿司を食べ、一カ月の苦労を話しあった。

「そのタイル店は、職人さんも自分のことを同格みたいな感じで扱ってくれるし、あと、自分のことを、ほんとうの子どもみたいな感じで、自分の悪いところをしかってくれて……」

夜は暴走族の特攻隊長

昼間はタイル店で、一生懸命に働いたAだが、夜になると、地元の綾瀬駅前周辺で相変わらず酒を飲み、暴走族の特攻隊長で先頭を走るなど、生活は荒れつづけた。

金曜、土曜、日曜になると仲間と「ぼったくりパーティー」を開いた。

男子校と女子校の高校生を対象に、会費を一人五千円から一万円とり、食べ物や飲み物を一人千円程度にあげて、余った金をAと友だちの二人で山分けした。

「彼氏や彼女がほしい人が、たくさん集まり、友だちが友だちを呼ぶという感じで、次はいつやるのかという電話が殺到しました。毎週、金、土、日は、パーティー、パーティーでした。金がじゃんじゃん入ってきました」

解散していた暴走族を復活させた。

中学の番長格の連中が三十人ほど入ってきた。

「その暴走族は、けんかのチームで、いつも走るときは、木刀や鉄パイプを持って走っていました。このチームが集会をして、旗を出して走るときは、全員、特攻服を着ていました。ほかの暴走族は、自分たちの旗を見ると、みんな逃げまわりました」

毎夜、Aは特攻隊長だったので、いつも先頭を切っていた。

「駅前をバリバリいわせて、走っていて、みんなが見ているのが、気持ち良かったです。それにぼくは、暴走族の族車（バイク）が大好きです。エンジンをかけたときの〝ボオーン〟という、あの音はたまりません。みんなで、駅前や、警察署前で、エンジンをふかすのがとても好きでした。集会で走っているとき、パトカーが後ろから追っかけてきて、〝ガキー、止まれ、この野郎〟などと、パトカーに追いかけられるのが、面白かったです。親衛隊がパトカーのまえをジグザグ運転しているので、ぼくたちのまえには出られません」

ある夜、仲間の家で酒を飲んでいたら、中学の話になった。

教師のことが話題になり、学校の窓ガラスを割ってやろうと、深夜、Ａは仲間三人と、中学校へ押しかけた。

「新校舎に入り、机やイスを廊下に出し、バリケードをつくり、石灰や墨汁、消火器をばらまき、下駄箱をひっくり返し、マジックで壁に落書きして、また友だちの家に戻り、酒を飲み、そこで、みんな寝ました」

社長の弁護に感激

学校側が警察に届けたため、六月下旬、Ａは建造物侵入の疑いで逮捕された。十日間留置されたのち、少年鑑別所に送られ、一カ月後に家裁の審判で、保護観察処分となった。

「ぼくは少年院に行くのが、すごく心配でした。ほんとうは反省などしていませんでした。どうして捕まったのか、そればかり考えていました。弁護士の先生、家裁の調査官の先生に、反省しているようなことを言ったり、父や母が面会に来たとき、土下座してあやまったのも、みんなウソです。反省のハの字もありませんでした。考えていたことは、Dのお姉さんに会いたい。セックスがしたい。酒、たばこがやりたい。少年院には行きたくない。社会に戻ったら暴走族はやめよう、などと考えてました」

母親は下着の差しいれに警察の留置場を訪れ、Aに面会した。

「係の方が〝面会してやってください、本人が待ってます〟と言われ、気を大きくしてAに会うことにしました。ところがAはケロリとして〝ごめんなさい。彼女元気?〟と言うのです。私は、わが子が鉄格子の向こうにいる母親としてショックが大きく、悲しく、つらく、どうしようもなく泣けてきました。Aが〝どうして、お母さん泣くの〟と言うのを聞き、また情けなくて泣けてきた私です」

ところが少年鑑別所に移されたあと、両親が面会に行くと、Aの態度はころっと変わっていた。

「そのとき、Aは土下座して〝ごめんなさい〟とあやまりました。主人は泣きながら〝わかった。わかった〟と言いました。私は土下座までしなくても、行動を正しくきちんとして、まじめに生きてくれればいいと思いました」

家裁の審判では、タイル店の社長が付添人の一人としてAを弁護してくれた。

「もう一度、従業員として使っていきたいと思っています。返事も明るく、仕事も頑張ってやっていますから、ほかの職人とまた働いてもらってよい」と陳述した。

家裁は、タイル店で働くことを条件に保護観察処分の決定をした。

社長の言葉に感動して、Ａは暴走族をやめ、まじめに働きはじめた。

朝六時半に起きて、シャワーを浴び、朝食を食べて出社した。事務所でお茶を飲んで、仕事の段取りをし、職人について現場に行く。仕事の要領を覚え、楽しくなった。

「ぼくは力があったので、四十キロのセメント袋を二ついっぺんに担いで階段を上がったりしていました。体重が六十キロだったから、よく担いで上がれたと思います。仕事を終わって、事務所でいろいろ話するのが大好きでした」

「家族で仕事しているみたいな感じで、すごくいい会社でした。ほんとうのベテラン職人が三人いました。一人は女に失敗した人で、一人はギャンブルで社長だったのに、会社持っていかれちゃって道まちがえた人と、最後、お酒で道まちがえた人と三人いました。仕事の帰りには、〝これは酒で人生狂ってどうの〟とか、話をしてくれて、そういう失敗をしちゃいけないと思いました」

タイル店で働きつづけていれば、Ａはべつの人生を歩んでいただろう。

Ａは、毎月、給料から五千円を社内預金に回し、十万円を母親に渡して貯金してもらっていた。そんな生活が十カ月もつづいただろうか。

Ａが十八歳の誕生日を迎えようとしているある日。母親は、Ａから「お母さん、おれ、車買うぜ。外車だぜ」という話を聞いた。

「保護司さんが九十万か百万で売ってやるってさ」と言うので、母親は驚いた。Aを指導していく責任のある保護司が、外車を売りつけようというのだ。

母親は、反対したが、いったん、こうと思ったAは、免許を取ること以外は、受けつけなかった。

十八歳になったAは、親の反対を押しきって、運転免許を取るため長野県下の自動車教習所の合宿に出かけていく。一九八八年五月のことだ。

そこで、Aは、暴力団員と知りあいになり、ヤクザの世界にひかれていくことになる。

暴力団の甘い誘惑

この暴力団員と毎晩、Aは飲み明かし、マージャンに明け暮れた。

「合宿の人で、ダイバーをやっている人が〝飲みに行こう。おごるよ〟というので、ついて行きました。外国に行って、海のなかにもぐり、ダイナマイトを仕かけて、岩を壊すとか言っていて、月に百万円は稼ぐと言ってました」

近くの町の盛り場の寿司屋に行くと、ダイバーの知りあいだという人たちに紹介された。暴力団の組長クラスだと言い、そのあとは、フィリピンキャバレー、フィリピンスナック、オカマバー、クラブ、焼き肉店と、数えきれないほど飲み歩いた。

そうした飲み会に、何度も誘われた。けっきょく、自動車教習所は学科試験を残して二十二日間で終わり帰ってきた。

だが、遊びぐせのついたＡは、仕事をするのがバカバカしくなっていた。

「免許はまだいいや、取りあえず遊ぼう。免許取ってから頑張ればいいや。一週間たつと、また一週間という感じでズルズルと」

タイル店には「昨日もテスト落ちちゃいました」とウソの報告をして、仕事をさぼった。

保護司から外車を買う話は両親の反対でだめになったが、その気になっていたＡは、父親に、ニッサンシルビアを買わせてしまう。

「一家でドライブするのをきっかけに家族の団らんを取り戻そう」と父親は考えたというが、これが裏目に出た。

Ａは、仕事をほったらかしにして昼間から新車を乗りまわし、夜は酒を飲み、女友だちとセックスするといった生活をくり返すようになっていく。

「社長が免許を取ったら、給料を一日七千五百円にしてくれると言っていたのですが、三百円から五百円しかあがらなかったのと、遊びぐせがついてしまって、会社に行くのが面倒くさくなり、昼は遊んで、夜は酒を飲み、Ｄの姉さんとセックスするといったことでした」

暴走族仲間で、暴力団の青年部にいた友だちから「恐喝を手伝ってほしい。もうけは山分けだ」と誘われ、恐喝に参加するようになる。

「何十人と戦闘服を着て、（恐喝する）家のまえをウロウロするといったことをしました。その手伝いを十八歳の二月から八月ぐらいまでの半年間やってました。金はもうかったのですが、先輩から、〝Aは会のメンバーじゃないから、もうかった分の三分の二はよこしてもらわないと、俺の顔が立たない〟と恐喝され、渡さないとなにをされるかわからないので、翌日、金を持っていきました」

そんなAが暴力団の幹部から「仕事をしないか」と誘われたのは、女子高生を監禁するちょうど三カ月前、八月二十五日夜のことだ。

中学時代からつきあっていた女の子から「あんたの悪口言ってるやつがいて、一発でのせると言っているんだけど、どうする。詳しく話してあげるから私の家に来なよ」と電話があった。女の子の父親は、銀座や新宿を縄張りに露天をしきっているテキヤで、暴力団幹部だった。そのほか、生花店を営み、そこを事務所代わりに使っていた。

女の子の家に行って、酒を飲んでいると、幹部が帰ってきた。

「〝まあ、飲め飲め〟という感じで。〝おまえ、給料いくらもらってるんだ〟という話になって。六千五百円もらっていると言ったら〝おれの手伝いやれば一日三万円やる〟と言うんです」

Aは、小さいころから父親に「進学と就職と結婚は、よく考えてやれ。特に就職と結婚は親に相談してから決めろ」と言われていた。テキヤをやるとは父親に相談できないので、「彼女に相談してからにします」と幹部に言った。

「そしたら〝男のやることで女になんか相談するのは、女々しいぞ〟と言われて、まあ、飲め飲めと飲まされ、〝明日、銀座とか新宿でおれの手伝いやるだろう〟みたいな感じでうまくのせられちゃって、〝考えておきます〟と答えて、そのまま酔っぱらって寝ちゃったんです」

翌日の昼ころ、幹部にたたき起こされ「これからシマ回りに行くぞ」と言われ、車に乗せられて着いたところが銀座だった。

幹部は配下のテキヤに「こいつ、今日からおれの実子分で入る。Aだ」と紹介、つづいて銀座の暴力団の事務所に行き、おなじようにあいさつさせられた。

その後、地図で銀座の縄張りを教えてもらい、暴力団組員といっしょに歩いてまわり、新宿のテキヤにもあいさつに行った。

「一日午後三時から夕方七時まで働けば三万円くれると言われれば、朝六時に起きて、家に帰ったら八時くらいになっちゃう仕事で六千五百円もらうより、こっちがいいなと思って行きました」

テキヤの仕事をはじめてすぐにAは、幹部にフィリピンに連れていってもらった。

幹部はマニラ市内の工場で「ラルフローレン」の偽物をつくらせ、日本に持って帰ったりしていたのだ。

フィリピンで、Aはディスコで踊ったり、女の子とセックスをしたり、ゴルフもした。

現地の刑務所で、銃を撃たせてもらった。

ヤクザ稼業にいや気

「九月上旬、Aは〝パスポート代をくれ〟と言いますので〝どこへ行くの〟と聞くと、〝フィリピンだ〟と答えました。〝まだ花屋に勤めて一週間か十日で、よくフィリピンに連れていってくれるわね〟と言うと、Aは〝給料はうまくいけば三万とか、悪くても一万円だ〟。どこの会社と聞くと〝本社が新宿で、あとは銀座と新宿に店があり、その日によって勤める場所が違う〟と答えました」と母親。

父親は「中学時代の同級生の紹介で、ブティックと花屋をやっている会社に転職するというので、私たち両親は猛反対しました。その花屋でいきなりフィリピン旅行というので、甘い言葉の裏には、恐ろしい犯罪に巻きこまれたり、利用されたりするだけだからと反対したのですが、子どものころから、わがままで、言いだしたら聞かず、あきらめさせられず、小遣いをやり、十分気をつけるよう注意しました」と述べている。

Aの仕事は、新宿のデパート前で、フィリピンから持ち帰った「ラルフローレン」の偽ポロシャツを売ることだった。

午後二時半までにデパート前に行き、商売の用意をして、三時から七時半まで商品を売り、それから片づけて帰った。

最初の一週間は、もう一人のテキヤといっしょに売っていたが、二週間目からはAが一人で売ることになった。

「仕事が終わって片づけたら、ぼくがテキヤのところに行き、売りあげを渡して、その日の日給をもらいました。一回だけ一万五千円をもらっただけで、あとは三千円とか二千五百円でした。一日三万円の話が、このありさまなので、それに道ばたで品物を売っているのが、なんか乞食みたいで、恥ずかしくて、この仕事がいやになりました」

二日に一回は、テキヤにマージャンなどをつきあわされ、朝になるまで帰してもらえなかった。雨で仕事にならないと、兄貴分から逆に金をせびられたり、やらなくていいと言われた暴力団の事務所当番も手伝うようになったりして、ヤクザ稼業にいや気がさしていく。

事務所当番は一週間に一回、日曜日の午前十時から午後七時まで。そのため、勤めに出ていたDの姉とのデートができなくなった。

Aは組の若頭に高級ブランデー一本を持っていき、当番の日を変更してくれないかと頼んでみた。

「若頭は、〝ヤクザに休日も平日もない。だが、おまえは、ヤクザじゃないし、率直だから変えてやるけど、女だなんだと甘えていると、みっともないぞ〟と言って、月曜日のおなじ時間帯に変えてくれました」

テキヤの仕事がいやになったAは、幹部に「やめさせてください」と言ったが、聞き流された。

Aは「おじいちゃんが倒れて、もう危ないらしいので〝看病に行け〟って、母に言われたので、少しのあいだ休ませてもらいます」とウソをついて、さぼりはじめた。

しかし、その話も、Aが駅前で遊んでいるという話が幹部の耳に入った、と仲間が教えてくれて、通用しなくなった。

「ぼくは自分の家に戻り、どうしたらいいか考えていたら、幹部の娘の女の子が迎えに来たので、しかたがなく、幹部の家に行きました」

幹部は「ここじゃあなんだから、銀座にでも行こう」とAを銀座に連れだし、クラブやレストランで飲ませたり、食べさせたりした。

翌日、Aは、酔いがさめると「やめません」と言わされた自分を後悔した。

「ぼくは何度もやめたいと言ったのですが、いつもうまくごまかされてしまい、やめられませんでした。いま考えると、ごまかすほうが、いくらうまくても、ぼくがぜったいにやめるんだという、強い意志があれば、ごまかされずにやめられたと思い、後悔しています」

そんなときに、Aは、新宿で、シンナーの売人に声をかけられた。

売人は、Aとおなじ年ごろで「おまえも大変だね。一杯飲むか」と誘い、断ると「ぼくのおごりだよ。ついてきな」と言われ、キャバレーで二人で飲んだ。

「ぼくはそいつからシンナーを買うようになり、仕事が終わると、そいつのところに行った。シンナーが売れても売れなくても、一日、一万円もらっていると言ってました」

Aは、シンナーの売人から、吸い方を教わり、シンナーを吸うようになっていく。

シンナーをビニール袋に入れたりして、その蒸気を吸うと、短時間のうちに酩酊《めいてい》状態に陥り、幻覚に襲われた。

「真っ暗な部屋に入り、小さい光をつくり、それを見てシンナーを吸うのが好きになりました。小さい光を見ていると、幻覚や幻聴があるので、面白かったです。時にはお化けと話をするといったこともありました」

抜けるに抜けられない暴力団のアリ地獄に落ちこんだＡは、こうしてシンナーにおぼれていく。

「ぼくはシンナーを吸って、現実から逃げたいと思ってました。シンナーを吸うと眠ってしまい、夢を見るので、それが楽しみになり、いつもシンナーのことばかり考えてました。そうなってセックスよりシンナーのほうがよくなってしまいました」

そんなＡが、Ｃの兄のバイク盗難をきっかけに、女子高生を監禁したＣの家に出入りするようになったのは、九月下旬。

事件が起きる二カ月前だった。

第5章　暴力の果てに

疑似家族

家庭内暴力で両親が立ちいれない聖域となったCの部屋は、Cが高校中退した一九八八年九月ごろから、中学時代の先輩や後輩が集まる格好のたまり場となっていた。

そのなかには、サブリーダー的存在のBもいた。

Cの兄と中学の同級生だったBは、母親に一一〇番通報されてからは、自宅よりもCの部屋に入りびたりになってしまう。

「もう家族とは関係ないと思いました。見捨てられたと。そのあと、いちばん落ちつける場所がCの部屋だったんです」

BとCの兄弟は、小学校の学童保育でもいっしょで、家も近くだったこともあり、ザリガニ取りをしたりして遊んだことがある。

そのBがCの家に遊びに行くようになったのは、中学時代の友だちが、バイク事故で入院、Cの兄と連絡を取りあったのが、きっかけだ。

はじめは、Cの兄と二人でバイクを乗りまわしていたが、弟のCとも気があい、急速に親しくなっていった。

「(弟は)B君とほとんどいっしょだったと思います。B君にくっついて歩いているような感じだったと思います」とCの兄。

主犯格のAにCをひき合わせたのはBだ。

「A先輩とはじめて話をするようになったのは、十月初めでした。お兄さんのバイクが盗まれて、それを（捜すのを）手伝ってもらうようになりました。いちばんはじめは、B先輩といっしょに行きました。盗んだ相手を見つけて、その相手からお金を取るとか言ってました。二回ほど盗まれた場所に行ったんですけど、捜すところまではいきませんでした。ヤクザに顔がきくという話をしてました。ヤクザ、怖いなという感じで、ほとんど最初は、話をしませんでした。話がしにくくて」

BもAにたいする思いはCと似ていた。

中学に上がると、一年先輩にAがいた。

「A先輩は小学校のときから、知っていました。小学校は違ったんですが、ぼくたちの小学校に木刀とかヌンチャクを持って殴りこみをかけてきたり。中学ではいっしょになり、入学した当時、A先輩と一級上の先輩がけんかして、A先輩が植木鉢を持って追いかけまわしたと聞きました。そういう話を聞いて、怖いと思っていました」とB。

中学二年のとき、Aに「あいさつしない」と脅されたり、リンチを受けたことがある。

その後、あいさつを交わす程度だったが、バイク盗難の二カ月前、Aにマージャンに誘われ、つきあいが深まった。

「マージャンに誘われて、借りをつくって、それを返しても、また電話が何回かありました。マージャンは、〝チョンボマージャン〟でした。パイを自分の足の下に隠し、それで並べたら、そのパイを上に上げるというやり方です。一回、マージャンをやったら、しつこく電話がかかってきて。ぼくの仲のよい友だちの名前を使ってかけてくるので、電話に出ると、誘いを断れませんでした。なにをされるかわからないというか、怖い気持ちに変わりありませんでした」

バイク盗難をきっかけにAは、Cの家に出入りをはじめるのだが、リンチを受けたいやな思いのあるBは、Aの出入りは、おもしろくなかった。

初体験が強姦

そんな三人が、Aの新車を使って強姦をくり返すようになるのは、出会いからわずか一週間後のことだ。

Cは、こう証言している。

「だいたい、B先輩といっしょにいたので、それで出かけて行きました。マージャンをやる店に呼びだされて、A先輩の友だちがマージャンをやるのを見たり、その店に置いてある漫画を読んでました。二時間ぐらいです。それが終わるのを待っていて、それからドライブしようとか〝強姦しに行くぞ〟というか〝強姦したいか〟と聞かれたことがあります。〝ハイ〟って答えました」

一回目は、車から降りたCが女の子に抱きついたが、悲鳴をあげられた。驚いてCが離したため、女の子は逃げて失敗に終わった。

「無理やり車に連れこもうとして抱きつくとか、そういう感じで。そのとき、すごい、ドキドキしました。恐ろしいとは思いませんでした。最初というのは、あんまり思い出せないんですけど、なんか叫ばれたと思うんですけど」

グループで最初に強姦に成功したのは、十月中旬、女子高生を監禁する一カ月ほどまえのことだ。

Ａの運転する新車に、ＢとＣ、それにＣの中学時代の同級生の四人が乗って、中川を隔てた対岸にある隣県の街に出かけ、ナンパの相手を物色した。

制服姿の女子高生が自転車に乗っていた。

Ａは、車を女子高生より少し先で止めると、命令した。

「そのときは、いちおう、はじめに計画していて、それでＡ先輩が〝ナイフを出せ〟と言っていたんですけど、女の人に声をかけて〝道を教えて〟という感じで、それで車に乗せました」とＣ。

女子高生を後部座席の真ん中に乗せ、ＣとＣの友だちの二人が両脇に座ってホテルに直行した。

女子高生は、ホテルに入ったときから怖がり、黙っていた。まずＡが強姦した。

「ぼくもＡから〝行ってこいよ〟と言われましたが、泣いていたので、かわいそうになり、なにもしないで、ＣとＣの友だちに〝かわいそうだからやめよう〟と言って、Ａには〝やりました〟と言いました。そのあと、三人は歩いて帰りました。Ａは、翌朝、またセックスしたようでした」

このとき、Bは、だれも見ていないときに、女子高生に自分の電話番号を教えていた。

一、二カ月後に、その女子高生からBに電話がかかり、二回ほどデート、一回はセックスしたという。

二回目の強姦は、十月二十日ごろだ。

A、B、Cの三人が、車に乗って綾瀬駅周辺を流していたら、Aの顔見知りの女の子に出会った。

髪を茶色に染め、シンナーを吸っていた。

ホテルに連れこんで、A、C、Bの順番でセックスした。

Cにとっては、はじめての性体験だった。

「〝シンナーを吸おう〟とA先輩が言って誘ったんです。そのときは、なんか、あんまり気持ちいいとか、そんなのは感じなかったですけど、でも、なんか、そのあとに、面白かったな、というふうに思いました。(はじめての体験が強姦だったのは)よくなかったと思います」

ナンパだと口裏合わせ

三回目は十一月八日だ。

午後八時ごろ、A、B、Cの三人は、車で出かけ、足立区内で自転車で帰宅途中の十九歳の会社員に「ドライブに行かない。女の子を乗せたことがないから、つきあってよ」と声をかけた。

だが、女の子は首をタテに振らなかったので、Aは車を自転車の先にまわし、そのあいだに、Bが自転車のカギをかけて動かないようにした。

けっきょく、女の子は「一分間だけ」と言って後部座席に座った。

Aは、近くのホテルの駐車場に車を入れて、女の子を降ろそうとした。

ところが、女の子に抵抗されたため、ふたたび、車を首都高速道路の千葉県柏インター近くまで走らせた。

Aは女の子に「栃木の山に行くか。大洗に行こう。大洗の海は寒いし、波が高いぞ」「自分は少年院を出てきたばかりだ」と脅し、ふたたび、ホテルに戻って、A、C、Bの順に強姦した。

ところが翌九日、被害者の女の子の姉や友だち三人が、Aの自宅を訪ねてきた。

「被害者の友人三人が自宅に見え、Aの写真を渡し、翌日、女の方と会い、Aにまちがいないと確認され、私は気が動転しました。よくおわびをし、すぐ産婦人科の病院へお願いしました。翌十一月十一日、私はAといっしょに綾瀬署の少年課へ出頭して自首しました。私は、なんとひどいことをしたのだ、逆の立場で考えろと涙ながらに注意しましたが、反省はなく〝合意だった〟と言うのみでした」と父親は述べている。

被害者は警察に告訴した。

捕まるのを恐れたAは、保護司を訪ねて、あくまで、合意の上でのナンパで、強姦ではないと主張した。

「はじめに保護司さんのところに行ったような気もするんです。そこで、自分たちをかばうようなふうに言って、そしたら、保護司さんが、それは強姦になんないとか、そういうふうに言ったみたい」とC。

Aは、BとCにも、警察から呼びだされたら、強姦ではなく、ナンパだと口裏を合わせるように工作した。

Cが、警察で調べられたのは、それから十日ほど過ぎた十一月二十三日だった。

「警察に行くときに捕まる心配はなかったのか」という弁護士の質問にCは「あんまりなかったですけど」と答えた。

警察でCは、Aの指示通りに説明した。

「あんまり、なんか、すごい、そんなに調べられはしなかったんですけど、なんか……、だいたい、A先輩に言われた通りに答えていたので」

A、B、Cの三人は、Cが警察で厳しく追及されると覚悟していたら、警察は、話を聞くだけで、その日は帰されたので、たいしたことはないと甘く受けとめたようだ。

「A先輩は、口がなんか、すごいうまいというか、そういうのがなんかすごいと思いました」とC。

Bは「強姦はA先輩といっしょになってからはじめました。道具のように使われたので、楽しくありませんでした」と証言している。

Bは主導権をAに握られたのが不満だったが、その一方で「強くて、友だちが多く、だれとでもつきあえる先輩だったし、優しいところは優しく、けじめもある」と、Aにひかれていく。

こうしてBとCは、行動力と決断力に富んだAに、父親から得られなかった〝強い男性像〟を求め、Aをリーダーとする〝疑似家族〟が形成されていくのだ。

だが、警察の捜査は着々と進んでいた。

そんな状況とは知らず、強姦に加えて、A ら三人は、女性ばかりを狙ったひったくりをはじめる。

ひったくりがやりやすい道を「ひったくりロード」と呼び、一時間に四人の女性からバッグを奪ったこともある。

十月二十五日には、AとBの二人は、ひったくりで十二万円も稼いだ。

二十五日の給料日には、予想外の大金が入ることを知った。

衣料品店から二百万円相当の洋服類を盗みだし、山わけした。

出会ってからわずか三週間という短期間に、三人は非行をエスカレートさせていく。

そんなときに事件は起きた。

あの女、蹴れ

一九八八年十一月二十五日の夜のことだ。

AがCの家に「今日は給料日だから金を持っているやつが多い。ひったくりに行こう」とやって来た。

「A先輩は六時ころ来たと思います。〝ひったくりに行くぞ〟と言って。それで、スクーターが一台しかなかったので、友だちの家に行ってバイク借りてきました。A先輩が〝おれの後についてこい〟というので、ついて行きました」とC。

AとCは、自転車に乗ってぶらぶらしている三人の高校生をからかったり、何回かひったくりをした。

午後八時すぎ、自転車に乗っている女子高生を見ると、Aは、Cに「あの女、蹴れ。あとはうまくやるから」と命令した。

Cは、バイクで女子高生に近づき、左足で女子高生の右腰を思いきり蹴って、角を曲がり様子を見ていた。

バランスを失った女子高生は、自転車に乗ったまま転倒、ドブに落ちた。

そこへAが近づき「だいじょうぶですか」と声をかけ、助け起こすと「あいつは気違いだ。おれも脅された。危ないから送っていってやるよ」と声をかけた。

「三分くらい待っていたら、A先輩が女子高生と歩いてきて、自分のほうを見て〝変態〟とか言ってました。それからまもなく、A先輩が寄ってきて。〝五分くらいしたら、二つ目の角を曲がれ。そこへ女子高生を連れてくるから脅せ〟って言いました。意味がわからなくて。〝どういうふうに脅せばいいんですか〟って聞いたら〝二、三発殴っていいから脅せ〟と言われました。五分ほどして行ったけど、だれもいなくて、ずっと待ってました」とC。

Aは、女子高生を近くにある倉庫の暗がりで「おれはヤクザの幹部だ。おまえはヤクザから狙われている。セックスさせれば許してやる」と脅し、ホテルに連れていき強姦した。

法廷で、そのときの女子高生への気持ちを弁護士に聞かれ、Aは、こう答えた。

「当時の自分は、仲のいい女友だちとか彼女は大切に守るという感じで。あとの知らない女の子とかは、もう女の人というよりか、モノみたいな感じで。女子高生も、当時、もう関係ない人だから、モノですよね。かわいそうだとか思わなかった」

いっぽう、女子高生が現れないため、しびれを切らしたCは、二回ほど家に電話、二回目に兄から「Aが〝もう帰ってよい〟と言ってきた」ということづけを聞き、家に戻った。

午後十時ころだった。

「家に帰ったら電話があって〝おまえやりたいか〟って言われて、それで〝やりたいです〟と言って、そしたら〝ホテルに来い〟とか言われて。最終的には〝バイクを借りた友だちの家に来い〟ということになって」とC。

Cは、Bのほかに、たまたま部屋にいたDを誘って出かけた。

Dは十一月初旬から、Cの家のファミコンで遊んでいたが、Aのグループに誘われたのは、この日がはじめてだった。

Dは、Cの兄とは中学の同級生だ。

一歳上の姉はAの恋人だったが、Dにとって、Aはやはり怖い存在だった。というのも、半年前、Aに公園に呼びだされたDは、柔道の技をかけられ、三針縫うけがをしたからだ。

「夜の七時ころ、電話で〝北綾瀬に来い〟と呼びだしを受け、自転車でダッシュして行ったら〝来い〟と言われて、ももを蹴っ飛ばされて。そして、なぜか公園に行くことになったんです。〝かかってこい〟と言われたんです。怒ってました。それで、ぼくはわからないのであやまりました。それでも、よけいに怒るので、かかっていきました。A君が、落ちていた竹の棒をぼくに持たせて〝これで殴ってこい〟と言うのです。一回殴って、ぼくはやる気ないので座りこみました。そしたら、蹴られたり、柔道技をかけられ、左のヒジを三針縫うけがをしました」とD。

小学校時代、Bにも、Dは、いじめられた体験があるため、なにも言えなかった。

狂った真似して輪姦

そのDが、二人のあとをついて約束の場所に着いたのは夜の十一時。

Dは証言する。

「はじめは待っていたんですが、それでも来ないので、帰ろうとしたときにA君が来ました。制服を着た女の子を連れてきました。目を赤くしていたのが印象に残っています」

Dは、その女子高生といっしょに歩いた。

「ぼくと女子高生が先に歩いていて、あとの三人は後ろです。A君がいきなり〝話せ〟というので。話すというか、ただ高校と名前ぐらい聞いたと思います。話すのが苦手だけど、話しかけたんです。外面《そとづら》が怖くないから、ぼくに話せとA君は言ったんじゃないですか」

公園で十分か二十分いて、ジュースを飲んで、こんどは、Aと女子高生がいっしょになって、残り三人は、ついていくかたちになった。

歩いていたら、いきなりAが「ヤクザの車が来たから隠れろ」と怒鳴った。

「A君と女子高生の二人が隠れました。三人は止まって見てました。ばかなことをしているなと」

あとでわかったことだが、Aは女子高生を「これからヤクザの所に行くからおとなしくしろ」と脅していたのだ。

二時間近く外をうろついたあと、Cの部屋に女子高生を連れこんだのは、夜中の一時を回っていた。

それから二日目の二十七日に、Dはファミコンをしに Cの家に行った。

「女子高生は、いっしょにファミコンをしていました。二十八日にもファミコンをしに行きました。女子高生は、好みのタイプではないです。関心もないです」

二十八日の深夜。女子高生は輪姦された。

Cの部屋には、四人のほかに、たまたま「おもしろいものを見せてやる」と、Aに言われ、Cの部屋にやってきたCの中学時代の同級生二人の計六人がいた。

同級生の一人は、衣料品店から服を盗みだした仲間で、Cの部屋に隠した盗品の皮ジャンパーを取りにきてAに誘われた。

横になった女子高生を真ん中にして、Aはシンナーを吸っていた。

そのうちに、風邪薬を覚せい剤に見せかけ、狂った真似をして、寝ている女子高生を襲うことになり、パンティを脱がす者など、二階のCの部屋は、大騒ぎとなった。

「そういうのを見て、君はどう思った。みんなで強姦するのかなというふうに思ったの」と弁護士に質問されたDは「いえ、思ってないです」と答えた。

「Aに〝トランクス一枚になれ〟とか〝脱げ〟とか言われました。それからA君かB君がなにか〝いけいけ〟と言ってて。ずっと座ってました。で、だれかエロ本を持ってきました。漫画本です。〝立たせろ〟とか、そんなことをだれかが言って、で、やることになってしまって、みんなで立たせました」とC。

このときに輪姦したのは、DとCの中学時代の友だち二人の三人だけ。

Cは、しようとしたが、緊張してできなかった。

Bは「おまえもやれ」とAに言われたが「かんべんしてください」と輪姦に加わらなかった。というのは前日、Bは女子高生と二人のときにセックスして、好意を抱いていたからだ。

「はじめはいやがっていましたが、冗談言ったり、話をしているうちに〝いいよ〟と言われてやりました。いまは、女子高生はヤクザを怖がっていたし、〝いいよ〟と言ったのも、しかたがなしに言うしかなかったのだと思います。ぼくは、女の人がほんとうにいやがっていると自分で感じたら、それを押しきってやろうとは思っていませんでした。ぼくは、当時、ほんとうに脅すとか、そういうことにたいして、深く考えることができませんでした。だから、相手の人が、どれだけ怖がっているとか、そういうことを深く考えませんでした」

Ｂは法廷で、こう証言するまでになったが、当時のＢの女性観は、自己中心的だった。両親から満たされなかった愛情飢餓感を、女性に一方的に求め、女性が受けいれてくれるときはいいが、思うようにならないとＢは荒れた。

「女の人はかならず自分を受けいれてくれるというふうに思ってました。その人をぼくが好きだったら、ぼくしか見ないというか。ぼくがしてほしいことは、いつでもしてくれると思ってました」とＢ。

こうした男本位の女性観が、後に女子高生に対する過酷なリンチにＢを向かわせていく。

暴力団のアリ地獄

暴力団の使い走りをしていたＡが、組の忘年会の幹事役を任されたのは、女子高生を監禁中の十二月十一日のことだ。

「十二月のはじめに忘年会の話ができちゃったんです。それで幹事をやらされるんです。そうすると、やるとか、やめるとか言ってられないじゃないですか。組長クラスも来るという話で、実際、組長も来たんですけど」

Aが行きつけの居酒屋を借りきっての忘年会には、AのほかにB、C、それにCの部屋に出入りしていた遊び仲間十数人が出席した。

Dは呼ばれず、女子高生と部屋に残った。

三次会のスナックで飲んでいると、女友だちの父親で暴力団の幹部が、Aに「青年部をつくれ」と言いだした。

「幹部は、Bが暴走族をつくりたがっていたのを知っていた。組の大きな会にも連れていって、〝こんど、こいつら暴走族やるみたいなんですよ〟という感じで〝じゃあ、頑張れよ〟と話したりして。青年部をつくるか、最初迷っていたんです。B君も暴走族つくりたがっていたなと思っていたら、幹部がいきなり〝Aに銀バッジやれ〟と言うんです。〝青年部の会長ともなれば、バッジの一つや二つ持ってなきゃしょうがないだろう〟と言うので。組員が付けていたバッジを自分に渡されちゃった」とA。

妹を偏愛した父親に疎外感を感じたAは、小学校時代からヤクザ漫画を愛読し、ヤクザに「男の理想像」を求め、あこがれる一面があった。

銀バッジをスーツのえりに付けて、暴走族の仲間に見せびらかした。

「〝おお、すげえ、格好いいな〟〝おれも持ってるよ〟という感じで、見せてくれるのですけど、まじめになった友だちは〝そんなの格好悪いよ〟って。それで〝おまえは、作業衣着て、セメントとかどろんこになって働いているほうが格好いいよ〟って。〝ヤクザの世界から抜けろよ〟とか」

当時、つきあっていた女友だちにも見せた。

「いちばん最初に、D君のお姉さんに見せたら〝ばかじゃないの〟と、すごく怒られたんです。あとの二人は〝キャー、格好いい〟とか言われたり。そのときは、なんで怒っているのだろうと。ばかじゃないかと思って。それで、いま、考えてみると、自分のことをいちばん思っていてくれたのは、D君のお姉さんだったのかなと」

幻覚にうなされて

十二月下旬には、組の上部団体の忘年会にB、C、Dの三人を引きつれて出席した。

Cは、そのときのことを、こう証言している。

「自分の名前を名乗って〝お頼み申します〟と言いました。幹部に〝いろんな人が集まるから、おまえたちにもあいさつさせてやる〟と言われ、やり方教えてもらって」

いっぱしのヤクザ気取りのAは、兄貴分から「青年部でメンバー何人集まった」と聞かれると「二十人集まりました」と、また幹部には「会長が自分で、Bが組織本部長、Cが事務局長」と答えていた。

だが、BやCには、その意識はなく、Bは「なんでそう言われるのか、わかりませんでしたし、組織本部長とか事務局長とか、わけがわかりませんでした」と証言している。

幹部にたいしAは、暴力団予備軍の青年部を結成したことにしていたが、このころの実態は、幹部が社長をしていた生花店や新宿にあった組の事務所の雑用に、Aらが、うまく使われたかたちだった。

「十二月十一日すぎから、ほぼ毎日行ってました。はじめはA先輩に店までつきあえという感じで、それが手伝えとか働けとか言われるようになりました。花の積み降ろし、店の掃除とか、電話番です。ぼくは、CもDもいやだと思っていたので、三人いっぺんに抜けることができたらと思っていたし……。（しかしA先輩に）ガールフレンドの電話番号とか知られていたから、怖かったんです」とB。

幹部の配下の組員の一人は、Aが青年部を結成したと聞きつけ、仲間に一個十五万円の時計を売るよう勧めてきた。

「おれは裏ルートで一万五千円で仕入れたから、内緒でおまえに二万三千円で譲ってやるよ、って。それを二万五千円で売れば、一個二千円の儲けだろうと。十九人に売れば、儲けがあるからいいじゃないかと。貴金属、時計、指輪とか、いつも言われてました。青年部というのは、組員にとってお客さんなんです。組員が品物を持ってくると、自分たちは、ぜったいに買わなくちゃいけなくなっちゃうんです」

Cは、Aが事務所当番になると、かならずいっしょに連れていかれた。

十三日間も連続して事務所当番をしたこともある。

「組の事務所に行ってもA先輩とのつきあいで行っているという感じで、暴力団とのつながりができているとは思っていませんでした」とC。

事務所にいるとき、Cは、Aにシンナーを十回ほど買いにいかされた。

売人は、ドリンク瓶一本を二千五百円で売っていた。

「A先輩はシンナーを毎日のように吸ってましたけど」

暴力団のアリ地獄から抜けられず、シンナーにおぼれていたAは、幻覚がいっそうひどくなっていた。

「十月、十一月あたりは、起きたらシンナー、寝たらシンナーという感じで、もうシンナー漬けで、朝起きて、シンナー吸って、そしたら一本吸わないうちに、外や、よその家がみんな崩れてしまったんです。それで黒い鳥が飛んできたのです。外まで出たらなんでもなかったんです。それで部屋に入ると、また地震がくるのです。それで、怖くなってお父さんに助けの電話を入れたんです」

父親に電話が入ったのは十一月五日だ。

そのときの状況について父親は、次のように述べている。

「Aから会社に電話がありました。家の壁が崩れる。黒い手が伸びてきてページをめくった。お母さんが一階で死んでいるかもしれない、など、わけのわからないことを約三十分間話しました。早退して、昼ごろに帰宅しますと、ぼーっと熱っぽい表情で寝ていましたが、もうそのときは幻覚が消えていました」

心配になった父親は、病院に行き、医師に幻覚の話をしたが、医師は「本人はなにも言ってなかった。異常はなかった」と真剣に受けとめてくれなかった。

「シンナーの幻覚が覚めはじめてくると、自分がなにかわけのわからないことを口走って泣いているんです。それで隣にB君がいて、〝タイル店に帰りたい〟〝こういう生活から抜けたい〟って、先輩言ってましたよ、いま言ったことが先輩の本音なんですよって」

だが、暴力団から抜けだしたいという気持ちとは裏腹に、Aはグループの結束を固めるため、青年部への入会を断った仲間の一人に悲惨なリンチを加えていく。

のらりくらりの暴力団幹部

Aらに青年部をつくらせた暴力団の幹部は、三月二十六日の公判で証言台に立った。がっしりした体つきで、ノーネクタイにスーツ姿の幹部は、青年部の結成など肝心の点になると「記憶にない」「知らない」と、少年たちの供述を否認していった。

弁護士　あなたは銀座の、その露天のシマの責任者ですか。

幹部　責任者ではありませんね。
弁護士　でも、そのシマの権利については、そこで露天商を開くことを認められてるんでしょう。裏の世界でも。
幹部　認められてますよ。だから、やってますからね。
弁護士　裏の世界で認められるためには、裏の世界に、お金でも渡してるんですか。
幹部　渡しませんね。
弁護士　あなたは組員でもない。
幹部　はい。
弁護士　お金も渡さない。
幹部　はい。
弁護士　それなのにどうして認められるんですか。
幹部　知りませんね。
弁護士　それは、あなたが組の幹部と極めて親しいからじゃないですか。
幹部　そんなことじゃないでしょう。いま、現在、抜けてますから。
弁護士　二年前の十二月十一日のことですけれど、あなたは組の忘年会をＡに命じてやりましたね。
幹部　はい。

弁護士　あなたは、組員でもないのに、忘年会を仕切ったわけですか。
幹部　そうですね。
弁護士　組員じゃない人が、そんなことするんですか。
幹部　ええ、昔の兄貴分ですからね。現在も新宿なんかも、断ってそういうふうにしてもらってますから。
弁護士　組長が、あなたの兄貴分ということですか。
幹部　昔ですね。いま、現在でも兄のように私は思ってますけど。
弁護士　その忘年会のあとに、あなたは、ここにいる少年たちを連れて、青年部をつくれという話をしたことはありませんか。
幹部　ありません。
弁護士　少年たちは、そう言っているけれども、あなたには記憶がない。
幹部　はい。
弁護士　あなたは、そのとき、組員がしていたバッジをA君に渡させましたね。
幹部　私が渡させたんじゃないです。それはあとで知ったんです。バッジなんていうのは、なかなか渡せるもんじゃないですからね。組員がきちっともらって、番号がふってあって、その人間がもらうということは、組でも届けをしますからね、控えがありますからね。
弁護士　そのバッジがA君に渡っていたのは知ってますね。

幹部　ええ、聞きました。
弁護士　その場にいたすべての人間が、あなたが「渡せ」と命じて、組員がいやいや渡したという供述をしているんですよ。あなたは、それでもシラを切るんですか。
幹部　ええ、じゃあ、その組員を呼んで、聞いてみてください。
弁護士　じゃあ、逆に聞きましょう。組員が渡したというのを聞いて、あなたはどう思いましたか。
幹部　まあ、それはいけないことだと思いましたね。
弁護士　なぜ、いけないことなんですか。
幹部　やはり、その組員ですから。彼自身が、正規の。
弁護士　そういうことを知っていながら、そのまま放置していたんですか。あなたは。
幹部　放置していましたね。
弁護士　どうしてですか。
幹部　どうしてって、理由はないですね。

勧誘の事実はない

弁護士　Ａ君が、お金の収入も悪いし、やめたいという気持ちを持っていたのを知ってますか。
幹部　いや、知りません。

弁護士　あなたは、A君を組に紹介し、そして上部団体にも紹介したんですね。
幹部　組員としてじゃないですよ。うちの人間としてですよ。うちで出入りしてるということを。うちは正規で、そういうヤクザという看板をあげてませんから。
弁護士　なぜ紹介する必要があるんですか。
幹部　それは、紹介するったって、友だちどうしだって、だれだれだからと紹介するでしょう。一般のあれで。いま、あなたたちは「ヤクザ」「ヤクザ」と言っても、ヤクザにもいい人もいるし、悪い人もいるということはありますから。
弁護士　連れていって紹介した先で当番やらされてるというのは、ヤクザの世界では、どういう意味なんですか。
幹部　ああいうふうな世界では、どういう意味なんですかね、ちょっとわかりませんね。その意味は。
弁護士　いずれにしても、学校に行かず、職にもつかない子どもたちが現に、あなたの提供した生花店や組の事務所を泊まり場にしていたという事実じたいは、あなたはどう考えていますか。
幹部　それは警察でも述べていますが、それが、影響があったとしたら、私もいたらないところがあったんだから、深く反省してますという供述をいたしました。
弁護士　警察でどうこう言ったかじゃなくて。
幹部　だから、供述した通りですよ。感じているのは。

弁護士　じゃ、逆に聞きますが、そういうふうに反省しているとおっしゃるんだから、どういう影響があったと思いますか。

幹部　それはわかりません。

弁護士　わからないで反省しているんですか。

幹部　今回の事件やなんかを起こした。間接的にしろ、原因の一つであるかもしれませんねというふうな、そういう話はしました。

弁護士　そうすると、実際には、あなたは影響があったとは思ってないんですか。

幹部　思っていないということは言ってないでしょう。多少の、そういうふうなことはあって、いたらない点があったかなということをおわびしましたよ。そういうことを言ったじゃないですか。

弁護士　いたらないというからには、なにか問題が発生したわけでしょう。

幹部　どこでですか。

弁護士　どういうことが、子どもに影響があったかわからなくて、どこがいたらないかわかるんですか。

幹部　世間一般でいう不良化というふうな面でしょう。

弁護士　Ａ君は、入りたくないと言っているのをお酒を飲ませて、翌日、彼をたたき起こして、すぐに自分の周りのヤクザ関係の人に紹介されてませんでしたか。

幹部　はい、行きましたよ。強制的に酒を飲ましたというようなことはありませんから。
弁護士　強制的とは言ってません。なんか、よく酒を飲んだりしていたようですが。
幹部　ええ、それで勧誘だとかした事実はありません。

記憶にないんですよ

弁護士　A君には一日、いくらというような話をしていたんですか。
幹部　いま、ちょっと、それが記憶にないんですよ。
弁護士　A君があなたの話を聞いて、非常にかせぎがいいと。
幹部　現実に、日当が高い部分ってありますから。
弁護士　売れ行きに関係なく保証されるんですか。
幹部　花に関しては、そうじゃないんですけれどもね。たとえば、知りあいのところなんか、照会したりなんかすると、歩合でやってるところもあるし、固定でやっているところもあります。
弁護士　あなたの場合は。
幹部　私のところは歩合です。
弁護士　いちばん多いときで、一日、いくら払ってましたか。
幹部　A君には、花では、そんなやらなかったですからね。花では、だいたい、正味二日か三日ぐらいじゃなかったですか。花をやりたいということで、うちの者と車に乗っていって、あれしたのは一週間やらなかったんじゃないですか。

弁護士　いま、お話をうかがうと一日、十万円前後、利益があるということでしたから、もっと売りあげがあるかなと思ったんですが、その当時はなかったんですか。

幹部　いや、ありましたよ。

弁護士　それじゃあ、一週間くらいでやめたというのは、どうしてですか。

幹部　利益があったからと言っても、利益を全部に分配するわけじゃないんですから、私の仕入れなどの経費も実際ありますからね。まあ、本人は最終的には、われわれが考えると花には向かなかったんじゃないですか。

弁護士　去年の十二月ころから、忘年会にいろいろ行ってますね。あの時期になってから、そうすると仕事はなにもしてなかったんですね。

幹部　そうですね。

弁護士　そのA君をはじめとして、その四人は、いったいなにをしていたんですか。

幹部　いや、毎日、ちょっと、なにしていたか、ちょっと、わかりません。私には。

弁護士　そうすると、なにをしていたかわからないということは、日当は払っていないんですか。

幹部　もちろん、そうですね。

弁護士　ただ、事務所当番をしていたんですか。

幹部　A君はですね。

弁護士　ほかの子も行っていたようなんですけど。

幹部　それは、私は知りません。

弁護士　知らないんですか。なんか、応接間の掃除に行っていたと、B君とC君は。

幹部　それも知りません。私は、そっちに自分自身顔を出さないですから。ほとんど。

弁護士　その子どもたちが、生花店にたまっていたということで、そろそろ家に帰ったほうが、いいんじゃないかと、そういう話はしたことありませんか。

幹部　いや、しなかったですね。逆に私は、むしろ、変なところであれするより、うちにいて、あれするほうが、かえっていいというふうな感覚を持っていましたよ。べつに自分のところはヤクザの事務所でもありませんし。表に花屋の冷蔵庫があって、裏にこたつがあるという……。仮寝ということで。その事務所的でもなかったですからね。それで、常時、私たちが出入りしているから、そこで悪いことできませんからね。

現実と虚構の境目

輪姦があったあとの十一月三十日、Aは、女子高生の家から警察に捜索願いが出されるのを恐れて、女子高生を外に連れだすと、近くの公衆電話から母親と親友に電話をさせている。

このとき、女子高生は、「友だちの家にいるから、捜索願いは出さないで」と、Aに言わされた。翌日もAは、女子高生の家におなじ内容の電話を公衆電話からかけさせた。

その後にも、こんどは、Cが女子高生を連れて、本屋まで歩いていき「私は家出したんだから、心配しないで。ぜったい帰るから、ごめんね」と、母親に電話させている。

じつは、女子高生は、少年たちの言いなりになっているように見せかけて、逃げるすきをうかがっていたようだ。

少年たちが夜遊びに疲れ、Cの家で昼寝をしていたすきに女子高生は、二階から階下の居間に降りてきて一一〇番したのだ。

十二月初めの午後四時ごろだった。

だが、運悪く、近くで寝ていたAが気がついてしまう。

「ぼくはCの部屋に寝ていて、警察から電話があって、そのとき、Cが呼びにきたんです」

Bが一階の居間に降りていくと、Aが、女子高生を殴っていた。

昼寝しているすきに一一〇番通報したのを見つけたのだ、という。

すぐに逆探知で警察からかかってきた電話には、Aが出て「なんでもない。まちがいです」と返事した。

邪魔な存在に

「一一〇番したと知って、いままで仲の良かったように見せていたのが、全部だますためだと思って腹がたちました。裏切られたと思いました」

Bは、はじめて女子高生を殴った。

じつは、Bは、五月からつきあっていた女友だちにもおなじような苦い思いをさせられ悩んでいた。

「九月か十月に彼女が、ほかの男ともつきあっているのを知りました。自分が大切にした女が、こうなんだから、女の子はみんな、そうなんだと思ってしまった」

好きと思いこんだ女性は、いつも自分を向く、という未熟な女性観を抱いていたBにとって、女子高生の一一〇番は、ふたたび女性に裏切られるという二重の意味を持っていた。

Aはライターのオイルを女子高生の足首にかけ、火をつけた。

裏切ったらどうなるか、を教えるためだ。

「すごい汗というか、すごい熱そうな顔してて、そういう表情を見てただけです。〝おれたちは、おまえのことを助けてやってんだから、馬鹿な真似はすんなよ〟って言いました。（女子高生は）どうもすいませんと言ってました」とC。

肉体的なリンチだけでなく、精神的ないじめもくり返された。

十二月五日に東京・東中野駅構内で、電車の追突事故が起きた。

Ａは女子高生に「あの電車におまえの親父、乗っかっていて、死んだってテレビでやってた。おまえ見たか」と、からかった。

女子高生が、不安そうな表情を見せると「どんな気分だい」と聞き「悲しいです」と答えると「じつはウソだよ」と、はぐらかす。

こんな調子でＡとＢ、Ｃの三人は、「死んだ」「生きてる」を何度もくり返し、心理的に女子高生を追いつめていった。

「女子高生が、どう答えても、自分たちはあげ足をとったり、つっこんだりして、女子高生はどうしようもなくなっていた」とＡ。

一一〇番通報をきっかけに、少年たちは事あるごとにリンチをエスカレートさせた。

Ｂは、女子高生に「おまえ、Ｃの友だちとセックスしただろう」と問いつめ、「やってない」と答えると、「ウソをついた」と殴った。

「前に女子高生とＣの中学時代の友だちがセックスしたことがわかったので、ぼくとＣで女子高生に聞いたのですが、女子高生は〝やっていない〟と言って、ウソをついたので殴ったんです」

監禁して二週間もすると、女子高生は「家に帰りたい」と言いはじめた。

すると少年たちは、女子高生が帰宅したとき、家族に、どこで、何をしていたのかを言わせる練習を女子高生にくり返させた。

A　家に帰ったら母親になんて言うんだよ。
女子高生　いままで新宿で遊んでいました。

A　新宿で、学生服のまま、そんなに長く遊んでいられるかよ。

少年たちは、自分たちの意にそわない答えが返ってくると、殴ったり蹴ったりの暴行を加えた。こうした言葉だけでなく暴力も使ったリンチは、連合赤軍事件で「総括」や「教育」というかたちで、兵士を支配していった集団心理と、ほとんど変わらないという指摘もある。

リンチをくり返すたびに、殴ることへの抵抗感が薄れていった。

「だんだん女子高生を女の人と見なくなって、ぼくらとおなじ（仲間の）ように感じていたと思います。殴っても反応を示さなかったことも、女に見えなかったことに入ります」とB。

十二月中旬すぎには、小便で布団がぬれたことを理由にBとCが殴った。

そこへAがやって来て、やけどの跡にライターのジッポオイルをかけ火をつけた。

熱がって火を消そうとするのがおもしろいと、何度もくり返した。

リーダーを自認するAは、B、Cより暴力をエスカレートさせないと、男を下げ、集団のなかでの地位を危うくすると思っていた。

やけどが化膿して、においが部屋に充満しはじめた。

そのにおいがいやだと、Aは寄りつかなくなっていく。

「ドアを開けただけでもアッという感じで。そのにおいが出てくるんで、もう行きたくないなあと。Ｂは怒っていたけど」とＡ。

女子高生の見張り役にされたＢとＣは、暴力団の事務所当番もＡから押しつけられ、不満がたまっていく。

「そのころの気持ちは」と弁護士に質問されたＢは、つぎのように証言した。

「暴力団幹部の生花店で、毎日、働かなくてはならないし、女子高生の見張りをすることで、ぜんぜん、眠れなくなって、イライラしてたと思います。ぼくが暴走族に狙われていたことで、対抗する暴走族をつくらないといけないと思ってました。ガールフレンドのことで、どうしていいかわからなくなって考えていたし。遊んでいたので料理学校に通おうかなと思っていたのですけど。Ａから、どうやって逃げるかということを考えていたし……」

二重、三重の足かせをはめられたＢにとって女子高生は、自分の自由を奪う邪魔な存在となってきた。

部屋を使われたＣにとってもおなじだった。

「女子高生が、かわいいなと思うことはありましたけど、生意気というか。気が強いというか。ずうずうしいというか。そういうふうに思っていたんです。魅力というか、女の人というか、そういう気持ちはあったんですけど、それ（殴って）からは、そういうものが薄くなったというか」とＣ。

女子高生が部屋にいることじたいが、憎しみの対象になっていく。

「そのころは見張りがあって、外に行けなかったので、なんか、こいつのせいだと思いました。ジッポオイルをかけて火を付ける行為はひどいと思ってました。女子高生が熱がる、熱がって、なんか、その姿が面白かった。A先輩が〝笑え〟とかやらせたり、気違いの真似をさせたり、そういうのが面白かったです。やけどはひどいというか、そういう思いはしましたけど、あんまり、どう思ったというのはなんか。かわいそうだとは思いませんでした。そういう女子高生が、部屋にいるのが、いやだと思うようになりました」

いつのまにか、少年たちは、加害者意識と被害者意識を逆転させていた。

もうひとつのリンチ

人間ではなくモノに見えて邪魔になってきた女子高生への暴力がエスカレートしていくなかで、十二月中旬、四人は、仲間にたいし、もう一つのリンチ事件を起こしていた。

相手は、十一月下旬の輪姦に加わった四人の一人で、Cの中学時代の同級生だ。

輪姦後も一日おきに顔を出し、女子高生と会話を交わしていた同級生を、AはCの部屋に呼びだした。

「ぼくがA先輩に誘われた(暴力団の)青年部に入らず、べつの暴走族グループをつくろうかと、冗談で言っていた話が伝わって〝おれをなめている〟ということでリンチされたんです」

その同級生は、監禁中の女子高生の目のまえでA、Bの二人から殴られ、頭をハサミで丸坊主に刈られた。

女子高生だけでなく、B、Cにも裏切るとこうなるという見せしめのように思えた。同級生は、暴力団の事務所に連れていく途中に、すきを見て逃げだしたため、怒ったAは、必死になって捜した。

けっきょく、一カ月後の一月六日、女子高生が殺された二日後に、少年たちは、友だちの家に隠れている同級生を見つけだした。

「イスやバケツ、灰皿で頭をメッタ打ちにされ、三週間以上入院する大けがをしました。このときは殺されるかと思いました」

それだけでは腹のムシが治まらなかったAは、同級生に「ぼくは百万円でも許してもらえないので、川に飛びこみます」という遺書を書かせたあと、近くの放水路に連れだし、三人が口にいれたクッキーを次々に川に投げこみ「取ってこい」と命令した。

同級生が、冷たい川の水に腰までつかりながら探すのを三人は笑っていた。

だが、リーダー格のA自身も、心の片隅では「暴力団から抜けたい」と苦しんでいた。

Bも「歯止めがきかなくなった自分自身がわからなくなった」と悩んでいた。

「A先輩のやることは、いつも止められなかった。〝やばいですよ〟と言っても〝びびってんじゃねえよ〟と言われるだけで」とB。

けっきょく、お互いに自分の弱さを見せることは、男を下げ、集団のなかでの地位を危うくする、という男の見栄を捨てることができなかったのだ。

Cの部屋で女子高生が監禁されているという話は、かなりの数の少年に知れわたっていた。

A自身も、暴走族仲間に女子高生の存在を吹聴し、やけどしている女子高生を、友だちの車に乗せて連れだしたこともある。

「暴走族の友だちとかを、みんな集めて、あるやつが〝ナンパしよう〟って言いはじめて。〝ナンパなんかすることねえや。自分がいま、女、監禁してるんだ〟って話したら〝うそだろう。見せろ〟っていうから見せました」

Cも「〝やらしてやる〟とか〝明日、家に来たらやらしてあげる〟とか、そういうようなことを言いました」と証言している。

Cの弁護士は法廷で、四人の少年以外に女子高生と会った少年たちの名前を九人挙げた。会わないまでも、女子高生が部屋にいることを知っていた少年たちは数十人にのぼるのだが、だれも親に話していない。

弁護士　実際に女子高生に会った君たちの仲間は、女子高生のことを、どういうふうに思っていたんだろう。君たちの仲間だと思っていたのかな。
C　仲間と言ったかわからないですけど、自分はやらしてやるというか、明日、家に来たら、やらしてあげるというか、そういうようなことを言ってました。

弁護士　それについてね、ほかの子たちは、そういうことは、ヤバイよとか、やめたほうがいいよとか、言ってくれた人はいるんですか。
Ｃ　いないです。
弁護士　親に教えたり、警察に言ったほうがいいよというようなことを、どこかで忠告してくれたりなんかしてくれた人は、いないいんですか。
Ｃ　いなかったです。
弁護士　君のお父さんやお母さんが、女子高生に〝帰りなさい〟と言っているよね。どうして、女子高生は、そのときに一言〝助けてください〟と言わなかったんだろう。
Ｃ　やっぱり、そういうのは、脅しというか、そういうのが裏側にあって、やっぱり、怖いというのがあったと思うんです。
弁護士　お父さんやお母さんは、そういう女子高生を見て、監禁されているとは……。
Ｃ　そういうのは、わからないと思います。
弁護士　ほかの友だちが見たって、わからないんだね。
Ｃ　わからないというか、自分は、そういうところまで、話してないと思います。
弁護士　君たちの仲間では、女の子が男たちだけのなかに一人でいるということについて、不自然だというふうに扱われてないわけ。
Ｃ　あの、自分は……。ほかの人が、どう思っていたか、というのは……。

Cの一歳上の兄も、ほとんど一部始終を目撃し、ときには女子高生に食事を運んでいたのに、両親に一言も話をしていない。

「弟と立場が違うと感じてました。高校に行ってなかったら、(Aらのグループに)誘われていたかもしれない」と証言している。

兄は、女子高生を弟のグループの友だちで、自分とは関係ない人だと思ったという。一刻も早く出ていってほしいという気持ちは強かったが、かかわりになるのがいやで、できるだけ無関心を装っていたのが真相のようだ。

「気がついたときは女子高生のリンチの傷がひどく、逆に親にも言えなくなって……」

少年たちの親や大人たちにたいする不信は、それほど強いのだろうか。

死ぬんじゃないか

女子高生の命が奪われることになったリンチは、心理ゲームのようないじめではじまった。

Aが、正月休みの徹夜マージャンで十万円ほど負け、そのうっぷん晴らしの対象に女子高生を選んだのだ。

B、C、Dの三人は、女子高生のやけどのにおいを嫌ってDの家でファミコンをしていた。

AはDの家に立ちより、三人を誘って、Cの家の二階に上がった。

監禁から四十一日目、一月四日午前六時半のことだ。

「マージャンで負けてムシャクシャして、サウナに行くことになって。サウナは十時に開くことになっていて、女子高生でもいじめに行くかという話になって」とA。

やけどで動けない女子高生にAは、スーパーで買ったBとおなじ名前の品物を見せ、名前を聞いた。

女子高生が答えると「Bを呼びすてにするとはなんだ」と殴った。

困った彼女は、こんどは品物に「さん」を付けて答えなおすと「品物に〝さん〟付けするとはなんだ」と、また殴る。

女子高生が、どちらを答えても逃げ場のない二重拘束的ないじめや暴力、虐待は、Aが考えだしたわけではない。

「練習で先輩を投げると、負けた先輩に暴行を受け、先輩に負けると、一生懸命やらないと先生に殴られた」

Aは、付属高校柔道部で先輩や教師から受けたいじめを、女子高生に反復していたにすぎない。

こうした模倣は、暴力や性的リンチでも示された。

「自分が武器参上だと言ってろうそくを持って、最初、左腕に垂らしたんです。あんまり熱がらないので、B君が自分（の左腕）に垂らして、熱くないと言って、顔にろうそくを垂らしました」とA。

これもSMビデオによく登場するリンチの一つだ。

少年たちは、アダルトビデオやコミック雑誌などで商品化された暴力や性情報にどっぷり漬かっているうち、フィクションと現実の世界との区別がつかなくなったようだ。

「暴力さえ使わなければ強姦にならないと思ってました。（ナンパというのは）女の人に声をかけ、誘ってセックスまでいくのです」とB。

つまり、Bにとっての強姦とナンパの違いは、暴力が介在するかどうかだけだ。

だから、女子高生とのセックスは、彼女がおびえていると見えなかったという自分の判断で、当初は強姦ではなく、ナンパだと主張していた。

女子高生にたいするリンチはエスカレート、隣の部屋で寝ていたDが呼びだされた。

Dは、自分を守るためには、他者には無関心でいるのが最善という独特の認識から、おなじ部屋で女子高生がリンチされていても背中を向けてきた。

だが、この日は違った。

「A君やB君に〝なぜおまえ殴らないんだ〟と言われるのが怖くて、女子高生を殴ったんです」とD。

女子高生は、そのときは、三人に次々と殴られて、鼻や口からも血を流し、血だらけの状態だった。

Dは、自分の手に血がつくのをいやがり、Aがシンナーを吸ったビニール袋を手に巻き、女子高生の肩や足にパンチを浴びせた。

一・七キロもある鉄球付きの鉄棒をAが持ちだすと、Dは女子高生の腹に落とした。

Aが暴力をふるうと、こんどはB、C、Dが「ウケ」を狙って、面白半分に暴力をエスカレートさせる。

リーダーの立場を誇示しなければならないAは、さらに過激にと、暴力の連鎖はひろがっていく。

「そういうように殴ったりするのがおもしろいというか。いま思えば、人間だとか思っていなかったですけど」とC。

Aだけは、鉄棒を使ったリンチの途中で女子高生の死を意識した。

「ひょっとしたら、危ないんじゃないか、死んじゃうんじゃないかという気持ちが出てきたと思うんですが、鉄の棒で殴っても動かないんで」

だが、上の者と下の者が、互いにあおりあうかたちで、止めどなく暴走した〝狂気〟集団に、Aも歯止めをかけることができなくなっていた。

リンチが終わったのは、午前十時ころだった。

Aは、女子高生が逃げないように、足をガムテープでぐるぐる巻きにすると、はじめの予定通りAの車で四人は、サウナに出かけた。

「車のなかでは、（A先輩が）死ぬんじゃないかというか、言ってたと思うのです。自分は

〝大丈夫ですよ〟と言いました。そしたら、A先輩は、五回くらい言ってました。しつこいというか、うるさいなというか、そんな感じでした」とC。

暴走の果てに起きた結末を四人が知るのは、次の日の朝のことだ。

虚像の崩壊

「戸をたたいても開かない」「様子がおかしい」と、Cの兄から暴力団幹部の生花店で寝ていたBに電話がかかってきたのは、一月五日の昼過ぎだった。

D一人を生花店に残してAら三人は、Cの家の二階ベランダに駆けつけた。

「〝おまえ入れよ〟〝いやだよ。おれ、こえーよ〟と言って、五分か十分、モジモジしていて、自分とBが怖くて、ボーッとしていたら、Cとお兄さんが部屋に入って」とA。

女子高生は、敷きっぱなしの布団で冷たくなっていた。

三人は、女子高生が前日のリンチで犠牲になった、と納得するのに時間がかかった。

「水を飲んで死んだとか、そういう話をしたんです。自分が思うには、テレビとかで原爆とかが落ちて苦しんでいる人とかは〝水をくれ〟とか言っているのを見たんで、やけどしたときに、水を飲んだら死ぬんじゃないかと思って」とC。

Bは、十二月の下旬のリンチのとき、自殺すると感じたので、自殺したと思った。

四十一日間も監禁して、女子高生の死や、自分たちの逮捕については、なにも考えていなかったと少年たちは証言する。

そんなことが実際あるのだろうか、という疑問が起きる。

それについては、自分たちに都合の悪いことや考えたくないことを意識から〝隔離〟し、そして〝否認〟する自我防衛機能を少年たちは無意識のうちに、はたらかせていたのだという見方もある。

人を殺したんじゃねえか

「〝じゃあ、どうする〟〝捨てよう〟ということになって。自分が〝本気《まじ》〟という劇画を読んでいて、ドラム缶のなかに、コンクリートを流しこんで、海に捨てちゃうという場面を思い出して、そのことがとっさに浮かんで、自分、まえにセメントとか、そういう会社に勤めていたんで、作り方もわかるので、ドラム缶のなかに捨てようということになりました」とＡ。

以前に勤めていたタイル店に電話して、セメント、砂利、ドラム缶があるかどうかを確認してＡが取りに出かけた。

「タイル店に着いたら〝顔がものすごく青くなっている〟と言われて。〝おまえ、セメントと砂とドラム缶と言ったら、人を殺したんじゃねえか〟と言うから〝いや、そんなことねえ。おれ、酒飲んで暴れちゃって、組の関係の人のへいとか壁、ぶち壊しちゃって、これから左官の修理に行くんだ〟と言って。〝じゃあ、なんでドラム缶いるんだよ〟と突っこまれてきて〝ドフム缶か。暇つぶしに、たき火でもするんだ〟みたいに、ごまかしたけど、〝おまえ、ぜったい、人を殺しているよ〟と言って〝おまえ、いつもの様子じゃない。おまえの笑ってる顔もつくってて、引きつりがあるよ〟という感じで、すごく突っこまれました」

バッグに詰めこんだ遺体は、Aの家のまえで、三人でドラム缶に入れ、コンクリートを流しこんだ。

近くの川に捨てようとしたが、Bが「家が近いので怖い。化けて出るかもしれない」と反対して、東京湾に捨てることになった。

Aが借りてきたワゴン車を運転して、東京湾の埋め立て地まで行ったが、適当な場所がなく、道路わきの草むらに捨てた。

セメントをこねた台を洗うため、生花店に戻った三人は、留守番をしていたDに、女子高生がリンチで死んだことを話した。

「C君から女子高生が死んだと聞きました。まさかと思いました」とD。

後日、セメントが固まってきたころに、べつの場所に移す予定だったが、気持ちが悪くて、そのままになってしまった。

女子高生の死を境に、Aをリーダーとする疑似家族集団は崩れていく。

十日後、Bは先輩の家に行き「やめたい」と相談した。そこで寝ていたAも途中で起きてきて、いっしょに生花店に行った。

Ｂは、ＣとＤにも「おれは暴力団の青年部をやめる」と通告した。

Ａは「自由に行動してよいが、籍だけは置いておけ」と、渋々、応じた。

「それまでの自分は、女の人や弱い人は殴ったりしなかった。自分がいけないと思ったら止めてきた部分がある。それが歯止めが効かなくなって、自分自身がわからなくなってきたんです。我慢できないのは、自由がなくなっていることと、弱い者いじめしかしてないことと、Ａ先輩のせいで、こんな事件にも入ってしまったことです。もしＡ先輩が殴りかかってきたら、殺して、すべてを自首しようと思ってました」とＢ。

父親から得られない強い〝男性像〟をＡに求めたＢだが、この事件で、それが虚像だと、やっとわかったのだ。

Ｂは、当時の心境を、こう表現している。

「女子高生の霊が怖かったこともありました。Ｃの部屋は怖かったです。部屋に入ると鳥肌がたつ感じです。友だちから、よく〝顔が変わった〟と言われました。〝目がつりあがっているよ〟と言われました。かならず言われるようになったのは一月中旬ころでした」

女子高生を殺したことで、周りの人が離れていく不安にかられ、Ｂは理由もなく、姉に花を贈ったり、友だちに声をかけたりした。

「それまでの自分をすべて捨ててしまいたいと思っていました。また一方では、こんなことをしてどうして生きているんだ、天罰とかはないのか、と思ってました。逮捕までは、こういう感じでした」

Aは、シンナー中毒の激しい幻覚に苦しみだした。

「一月五日過ぎ、ホテルでシンナー吸ったら幻覚で、ウジ虫やヘビが出てきて、怖くなってシンナーやめても、天井からウジ虫が降ってきて、気が狂いそうになりました。ぼくは女子高生にのろわれたと思いました。それからシンナーを吸わなくても幻覚、幻聴がつづきました」

ウソだと言ってよ

Aは、膨大な上申書を拘置所で書きあげて弁護士を通じて裁判所に提出していた。

その最後の章で「女子高生にたいして、いま、ぼくがやらなければいけないことは、そして女子高生が、迷わず成仏するには、ぼくたちのやった残酷なことを隠さずに、逃げずに話をすることだと思い、いま、思い出しています」と記している。

「監禁中の女子高生の気持ちは、きっとこうだったと思います」と、一人称で、Aは、自分が女子高生になったつもりで、次のように書いている。

「もし、私がここ（Cの部屋）で殺されても、家族に迷惑がかからなければいい。私は、もう、この人たちから逃げられない。でも、家に帰りたい。すごく帰りたい。友だちとも会いたい。学校にも行きたい。逃げよう。そうだ。逃げよう。だけど、逃げたら家族の人が殺される。家に火が付けられる。逃げられない。逃げないと、リンチを加えられる。怖い。逃げたい。逃げられるのに、逃げられない。そうだ。帰してくれると言っているのだから、それだけを信用しよう。いつ帰してくれるのか。いつも話はごまかされる。そうだ。逃げよう。でも逃げたら家族が、家族が殺される」

そして、女子高生がなぜ逃げなかったか、という疑問にA自身の見方を記している。

「ぼくたちが〝逃げたら家族を殺す〟。この言葉で、女子高生は逃げられなかったのだと思います。ぼくたちは、このとき、すでに言葉で女子高生を殺しているのです。だけど、生かしているのです。このときの女子高生の心の気持ち以上のものは、ぼくたちには持っていません。それが死刑でも、あのときの女子高生が味わった恐怖には及びません。ぼくは自分のやったことを考えると、気が狂いそうになり、いま、ぼくは気が狂いそうです。でも、いま、ぼくが気が狂ってはいけないのです。女子高生の裁判が終わるまでには、狂ってはいけないのです。ぼくは、いま、女子高生にほんとうにすまないことをしたと思っています。ぼくたちのやったことは、人間のやったことではありません。当時、シンナーぼけしていたとしても、人一人の生命を動くオモチャにしていた自分が、ものすごくむかつきます。生命というのは、言葉では説明がつかないくらい、尊いものなのです。ぼくは、いま、それを知って、ほんとうにすまないと思います」

Aの母親からB、C、Dの家に「ちょっと集まってもらいたいんです」と電話があったのは三月三十一日の夜のことだ。

すでに四人は、女性会社員が告訴した強姦事件で、いもづる式に逮捕され、親たちは、一カ月ほどまえにBの祖母の家に集まって被害者の示談の相談をしたことがある。

だれもが示談の話のつづきと思ってBの祖母の家に集まった。

遅れて入ってきたAの母親が「じつは……。人を殺したらしいの。四人でたたいたりしたから、だれがということはわからないんです。息子が今日、言った」と口を開いた。

一瞬、集まった親たちは自分の耳を疑った。

「殺したのは、C君の家らしいの」

そのとたん、Cの母親がAの母親に駆けより、すがりつくように肩に手をかけ、激しく揺さぶった。

ガタガタと全身が大きく震えていた。

「ウソだと言ってよ。あなた。ウソだと言って。お願いだから……」

家族っていいもんですね

「わたしたちは、弟のなぞをときあかそうとしています。弟のなまえはトビアス。まだ、あかちゃんです。あかちゃんが、なぞをかけるなんて。へんだと思うでしょう。でも、トビアスは、生まれたときから、なぞを持っているのです。トビアスは、とくべつです」（原文のまま）

一九七八年に出版されたスウェーデンの絵本『わたしたちのトビアス』（偕成社）は、こんな書きだしではじまる。

　トビアスのなぞとは、ダウン症という障害を持って生まれてきたことだ。

　トビアスを弟に迎えた三人の小さな兄姉は、障害児とはなにかを考えはじめる。

「頭が大きくなりすぎて、頭のなかが、へんになってしまっているのかしら。それとも腕がないのかな？　話ができないのかしら？　歩けないのかな？　もしかしたら、からだを動かすたびに、手も足も頭も、がたがた、ふるえてしまうのかもしれません」

　やがて母親は病院から退院してきた。

「ママは、ひどく泣きました。トビアスが、どんなふうになるのか、ママだって、見当がつかないのです。それでも、パパとママは、トビアスが、障害児といわれたわけを話してくれました」

　人間の体は、細胞の組みあわせでできていて、その小さな細胞のなかに普通は四十六個の染色体が入っているのに、トビアスは一つ数が多い四十七個だという。

「お医者さんは、パパとママにたったひとこと、トビアスは、いつまでたっても、ふつうの人のようにはなりませんよ、といったそうです」

　父親と母親は、トビアスを施設に預けようかと相談する。

「それを聞いて、わたしたちは、かんかんにおこりました。わたしたちは、トビアスを、うちにつれてきてもらいたいのです。トビアスに手がかかるなら、わたしたちみんなで、てつだうのがあたりまえでしょう」

そして、みんなは、トビアスに会いに病院へ行く。

「トビアスは、それはそれは、かわいいあかちゃんでした。赤い髪の毛が、ふわふわとはえていました。ほかのあかちゃんと、かわったところはありません。わたしたちは、ひとめで、トビアスがすきになりました」

三人は、トビアスの存在を通して障害のある子もない子も、家庭や社会のなかで、個人として大切にされなければならないことに気づいていく——そんな心温まる話だ。

自分たちの家族に起きたことを、子どもたちと母親が本にした実話で、絵も文もすべて子どもたちが書いている。

母親、教師、保護司たちに次々に裏切られ、自分の心を閉ざすことで自分を守ってきたDが、この絵本と出合ったのは少年鑑別所にいたときのことだ。

Dの担当となった弁護士は、Dと会って話をしたが、なかなか心を通わせられず苦労していた。学生時代に読んで感動した『わたしたちのトビアス』ならば、読んでくれるかもしれない、そして家族と命の大切さについて考えてくれるかもしれない、そう思ってDに手渡したのだった。

それからしばらくたったある日。

面会を終えて帰ろうとした弁護士にDのほうから声をかけてきた。

「先生。あの本見ました」

突然の話に、弁護士はうろたえた。

もしも「つまらなかったですよ」と笑われたりしたら、自分は立ちなおれないぞ、と緊張した。

次のＤの言葉を聞くのが怖かった。

「ああいう家族ってあるんですね。家族っていいもんですね」

Ｄのその言葉に弁護士は、ホッとした。Ｄは心の片隅で考えはじめたのだ。

その火は消えずに燃えつづけるだろう。

もうなにも聞かなくていい、と思った。

一生の宿題として

東京地裁４１９号法廷。

初公判から一年になろうとする一九九〇年七月十九日、判決が四人に言い渡された。

姉から差し入れられた紫のポロシャツに黒ズボンのＤは、いつものように四人の右端で、不動の姿勢をとっていた。

「主文。被告人Ａを懲役十七年に、被告人Ｂを懲役五年以上十年以下に、被告人Ｃを懲役四年以上六年以下に、被告人Ｄを懲役三年以上四年以下に、それぞれ処する」

裁判長の声が廷内に響き、判決理由の朗読が一時間にわたってつづいた。

「被告人立ちなさい」

最後に裁判長は、四人をもう一度立たせると、一人ひとりの顔を見ながら、こう結ぶのだった。

「判決は以上の通りですが、事件を各自の一生の宿題として考えつづけてください」

第6章　ほんとうの豊かさとは

このルポルタージュは、当初は5章で完結させる予定だった。

書き終えた時点で「じゃあ、おなじような問題を抱え、苦しんでいる私たちはどうしたらよいの」という父親、母親の叫びや悲鳴が聞こえてくるような気がした。

そこで、私たちは、それぞれの分野で実績をつんでおられる八人の専門家を訪ね、読者に代わって、そうした疑問をぶつけてみることにした。（敬称略）

迷走する集団――石川憲彦（精神科医）

記者　私たちは取材していて、女子高生を監禁して、心理的に追いこまれていく状況はわかったんですが、人間ってあそこまで残虐になれるんですか。

石川　私の体験で言えば、患者の容体が一向によくならず、一週間も徹夜がつづくと「もういい加減、苦しめないでくれ」と叫びたい心境で、患者を絞め殺したくなりますよ。医者でも、患者から逃げようにも逃げられないときは、体をいたぶったり、殺してやろうという誘惑にかられるんです。

女子高生が、自分たちを拘束する存在になったとき、少年たちが残虐なやり方でいたぶった心境はよくわかりますね。歴史上も、こうした犯罪は綿々とあるんです。

愛憎が入りまじった異物

記者　いまの若者たちのなかでは、少年たちのようなグループは、特別な存在なのですか。

石川　こういうグループは珍しくないですね。でも、一つ面白いと思ったのは、男女ごちゃまぜのグループが多いのに、このグループは、男の子だけでしょ。それぞれの男の子には女の子がいるんだけど、彼女たちは顔をだしてない。

女子高生がグループの仲間的な存在になっていれば、輪姦や監禁はあっても、殺されることはなかった。どこかで、それは仲間になりつつ仲間になりきれない要素を、少年たちか、彼女か、どちらかが持っていた。

グループが、すごく中途半端な、あらゆるつっかえのとれた中空状態に置かれたという気がするんです。

記者 主犯格のAが「女子高生は、女の人というよりモノですよね」と証言したのを聞いて、ショックでしたね。女子高生は彼らにとっては人間ではなかったんですね。

石川 少年たちにとって女子高生は、モノというより愛憎が入りまじった異物だったんです。ほんとうにモノだったら、あんなに執着せず処理してしまえばいい。モノのほうが人間より処理しやすいはずですからね。

女子高生が、自分たちの欲望を満たしているかぎりは、仲間として見るけれども、一一〇番通報で、裏切られると、人間より始末が悪い存在になった。憎くて、いやで、逃げたいけれど、逃げられない。この愛憎を意識したくないんで、少年たちは、モノという言葉を使ったんでしょうね。

記者 四人の証言を聞いていると、女子高生をどうするかで、お互いに責任を取ろうとしない。Aは「ほかの三人の意見を聞かないと決められない」と言うが、三人は「Aが決めてくれるだろう」と、相手に依存している。それが、集団を悲劇に追いこむ結果になったようにみえるんです。

石川　いまの子どもたちは、知的な作業や受験に必要なトレーニングは受けても、社会集団のなかで生きていく訓練ができてない。

この集団も幼稚で、昔だったら小学生時代に通過していた集団ですね。ボス的な存在はいるけど、絶対的なボスはいない。

この少年たちは、運動部やスポーツ少年団で頑張っていたけれど、みんな大人がつくった疑似集団でしょ。そこでは、忠誠心とか集団としての価値ばかりを植えつけられてきた。先輩のいじめや教師集団から放りだされ、やっと、自分自身を確認する作業をはじめたとき、四人がたまたま出会って、事件が起きたという感じがします。

記者　集団として未熟だっただけでなく、母親に家庭内暴力をふるうなど、親離れもうまくいかなかった点も気になりましたが。

石川　子どもは、成長するにしたがい、親を自分のほうから切っていくものなんです。ところが、この少年たちは、逆に親から切られてしまっている。

つっぱったり、家庭内暴力で、切る側にまわろうとしはじめた時期に、その絶好の標的となる女子高生が現れたんですね。

脳損症と犯罪

記者　精神鑑定では、「Aは出産前後に脳の受けた障害が影響を与えていることは明らかだ」という理由で、Aを早幼児期脳障害による精神病質と診断していますが。

石川　早幼児期脳障害つまり微細脳損症（MBD）という概念は、六〇年代にアメリカで言いだされた概念なんです。

最初は、微細脳障害と言われていました。ところが途中から、当時の医学的な検査では、脳の異常は見いだすことができない。一つのことじゃなく、広く多くのものが絡みあっているようだから、こんな言い方はやめようじゃないかという話になって、一時は、微細脳機能不全と呼ばれた。

それでも、はっきりした医学的な証明が得られないということで、医学界は、これを、つぎの段階で学習障害（LD）と、集中力不全症候群（ADD）とにわけて使っていた。

最近、アメリカの医学界では、LDとADDの二つの名前も使わなくなっているんです。いわゆる医者が見つけられない脳損症と皮肉っていた時期がありましてね。

MBDは脳波に多少、異常が出やすいと言われていたし、なんらかの機能不全みたいなものと、子どもたちの成長が、多少かかわりあると推測する医者もいます。

Aのように、脳に傷があって、行動に落ちつきがないと、脳損症に結びつけていますが、医学界は、MBDの定義について確定的な見解を出していません。

記者　判決では、鑑定書の結果にしたがい、Aに脳の器質性の欠陥があり、行動の制御能力や性格形成に影響を与えた。監禁中のリンチで行動選択の不適切性や攻撃性を高める一因になった、と指摘しているんですが、実際に精神発達や犯行に関係があったと受けとめるべきか迷い、記事では触れませんでした。

石川　鑑定書では、Ａの脳の一部に欠損が見られるとしていますが、それが、Ａの精神的未熟性に、どんな影響があったのかの因果関係は明らかにされていません。

Ａの人格形成や行動のコントロール能力に影響を与えたと決めつけるのは危険だと思います。脳に、こうした欠損が見つかったからといって、犯罪と結びつける認識が一人歩きしだすのは、怖いです。障害者にたいする偏見をいたずらに助長する結果になりかねません。

記者　教育現場では、ＬＤ児対策を急げという声が出はじめていますが。

石川　脳の問題と人間の倫理や品性の問題を簡単に結びつけるところに日本的な脳観がある。いま、ものすごい勢いでＬＤキャンペーンがはじめられていますが、人間というのはかならず理由がほしいわけですよね。なにかあったらそれを特別化していくための。

医学界では微細な脳の傷と、人間形成の関係はなにもわかってないのに、学校にうまく適応できないとＬＤ児にしてしまう。ＬＤ教育が、アメリカで二十年前に言われだしましたが、それでなにが残ったかというと、一般の教育から勉強できない子を放りだして、つまりお荷物を放りだしたことで、教育が荒廃していくということでしかなかった。

できなさの問題を、教師と生徒が抱えあうことから、教育ははじまるわけだから、勉強で子どもが落ちこむような教育であってはいけないと思うんです。

石川憲彦（いしかわ・のりひこ）　一九四六年、神戸市生まれ。東大医学部卒。静岡県藤枝市立志太病院を経て現在、東大病院精神科医（小児神経学、児童精神医学）。著書に『治療という幻想』（現代書館刊）など。

一滴の水を異性に求めて――河野美代子（産婦人科医）

記者　ＡやＢは、親に満たされない愛情を女性に求め、中学時代から次々と相手を変えては、性関係を結んでいく。すごいですね。

河野　少年たちに共通しているのは、人間関係とか、心のふれあいがあって、コミュニケーションの一つとして性関係があるのではなく、肉体が先行してしまっている。

というのも、心のふれあいとか人間関係づくり、つまり、ノーマルなコミュニケーションが、少年たちと女性とのあいだだけでなく、親子とか学校のなかでもつくれなかったと思うんですね。

Ａの場合、中学時代は、親友とは、かなりノーマルな関係にあって、そのときは家庭内暴力もなくなっていた。ところが、高校へ行っておかしくなっていった。心のふれあいとかコミュニケーションが、暴力で閉ざされてしまったからなんです。幼児連続誘拐事件もそうだけど、セックスは、肉体が先行するものとして植えこまれてきたんじゃないでしょうか。

女性は人間であって、心を持っていて、精神的なふれあいのなかで、性関係を持ちたいと望んでいることを学習できなかったんじゃないかと思うんです。

男と女のいい関係

記者　AやBがセックスした女性は、数十人もいる。女の子の側も満たされないものを少年たちに求めてたんですか。

河野　女の子だって寂しい子がいっぱいいるだろうし、誘われれば、うれしい。肌のふれあいを求める子はいると思う。だから、数多く声をかければ、そのなかには、家に一人でいるより、彼らと話したり、抱かれたりするほうが楽しいという子だっている。

私は産婦人科医だから、そういう女の子をたくさん見ていますけど、不特定多数の異性と簡単に性関係を持つ女の子は、砂漠のなかで一滴の水を求めて、さまよっているように見えるんです。つかのまのふれあいを求めているというか。そういう気がするんですね。

記者　そういう女の子たちは、少年たちと共通して、家庭に問題があるんですか。

河野　崩壊家庭だとか、片親だとか、そういう烙印《らくいん》を世間は押したがるけど、外から見てもわからないんですよ。

私のところで見てると、愛情いっぱいで、しっかりと抱きしめてという子育てじゃなくて、ものすごく管理され、しつけられて、命令とか指示とか、しつけ優先の子育てを、ある時期までされてきた。そして勉強も、あいさつもきちっとできて、すごくいい子だった子が、思春期に自我が芽生えて、一気に爆発するように異性を求めたり、不登校になったり、拒食症になったりするケースがよくありますよ。厳しい管理のなかで、寂しいんですよ。愛されていないという気が先行するから。

愛されていないと実感してしまうような育ち方をした子と、そして離婚家庭にもありますが、親が、自分自身が生きることだけで、精いっぱいで、子どもには三食、ただ食べさせておけばいいみたいな子育てをされた子も、やっぱり寂しいんです。いいコミュニケーションができていないというか。だから端から見たんじゃわからない。そのなかで育った子が実感しているんですね。

記者　そういうお話を聞くと、親たちは他人事だと安心してられないでしょうね。

河野　私は、ほんとうにエリート家庭で、しっかりしたお父さんと教育熱心なお母さんがいる家庭で、むちゃくちゃなことをした女の子をたくさん見てます。

でも根は少年たちといっしょ。寂しいんですよ。家のなかでグチグチ文句を言われたり、たたかれたりするよりは、優しくしてくれる男の子のかたわらにいるほうが、ずっとくつろげるんです。

私は、優しいのとだらしないのとは違うのよ、と言うんですけど。それでもいいんですよ。ほんとうに心地よく包んでくれればね。

記者　じつに耳の痛い話ですね。

河野　父親にも、めったやたらと厳しい人がいますからね。言ってもわからない子は、殴ってしつけるみたいな父親がね。

私は、そっちのほうの弊害を見ているから、父親は、とにかく子どもにたいしては、優しければ優しいほどいい、と思ってます。へんにしつけようなんて思わないで、ただ優しく接していればいい。優しくない父親から優しい男に流れるなんて、簡単に考えられる図式じゃないですか。少なくとも、かたわらにいて殴らない男、抱きしめてくれる男、すごく心地よいと思いますね。

一般的には、父親の権威が落ちている。普段、愛情を示すのは母親で、父親は厳しさを子どもに示せばいいと言われていますが、とんでもない。

そうした役割分担の考え方には、私は反対です。父親に権威はいらないと思ってます。そんなことより、子どもと豊かな会話が交わせたり、子どもといっしょに釣りに行くとか、そういう父親であればいいんです。

記者　少年たちのように、心のふれあいやコミュニケーションがつくれないまま、成長してしまう若者が多いように思いますね。

河野　たまたま、殺人までいかなくても、大人になってから、いい結婚、いい家庭づくりができない男がどんどん増えてますね。奥さんを何度も中絶させても平気でいるようなね。そういう貧しい女性観の弊害は、大きいんです。

記者　少年たちにとって母親は愛憎の対象でしかなく、夫婦関係もよくなかったことが、ゆがんだ女性観を生みだしてしまったような気がします。

河野　父親がひどいんです。だれ一人として、豊かな女性観、家庭観をもっていないじゃないですか。子どもをつくっても、妻と子どもと共に生きていこうという気持ちがないでしょ。男は自分の世界だけつくって、母親ばかりが苦しまされている。これでは、子どもが豊かな女性観を持てるわけがありません。両親が子どものまえでもベタベタするくらい仲がよければ、子どもは男と女はそういうもんかな、と自然に学んでいくものなんです。

記者　AにしてもBにしても、自分の思うとおりにならないと、女性にたいして暴力をふるってますね。

河野　彼らにとって女の子って、いったいなんだったんでしょうね。おなじような感情を持って人を好きになったり、嫌いになったりする人間なんだということを教えられていないんでしょうね。

私はレイプの被害者を病院でいっぱい見ていますが、被害者と同時に加害者の男たちもかわいそうだと思うんですね。女の子といい関係をどうしてつくったらいいか学んできてない。学ばないままに、女の性というものは肉体関係しかないんだということで実行してしまう。悲劇ですよね。

レイプの被害者をどうするんだ、という問題とともに、そういう男の子たちが、どんどんつくりだされていることを、まず大人は知るべきです。

暴力から愛は生まれない

記者　今回は、事件になったから、ひどい性暴力があったことが明らかになりましたが、事件にならないまでも、いまの若い人たちのなかでは、こうしたことが起きているんですか。

河野　ほんとうの恋人同士のなかでは、そういうことはないと思うんだけれど、集団になっていくと、女の子にたいして、少年たちと同じことをやってしまう。集団レイプの被害者は傷だらけですよ。手足を押さえて順番にやるなんて単純なもんじゃない。ＳＭまがいの行為でいたぶる。レイプは、女性にたいする憎しみ、弱き者をいじめるのではなくて、女性にたいする復讐心だと言われているんです。

少年たちに暴力を加える教師、親たちも、そのことを知ってほしい。彼らに暴力をふるえば、弱いほうに向かっていくということを。

記者　じつは、私たちも取材していて、たとえば、Ｃと自分たちの家庭のどこが違うんだろうと考えこんでしまう。子どもが小さいうちはかわいいのだけれど、仕事が忙しくなるにつれ、疎遠になっていく。そのぶん、なんとか自分の考えてる子ども像にあてはめようとしていらだち、ストレスを子どもにぶつけてしまうんですね。

河野　だから、めったに顔をあわせないのに、会っているときは、いつも愚痴ばかりになる。

私の夫も新聞記者なんですが、彼がほんとうにそうなのね。

うちは高校二年と中学三年の子どもがいますが、いつも彼に言うんです。「あなたは、子どもが小さいときは、ほんとうにかわいくてかわいくてという目をしてた。それが、いま、子どもを見る目は、憎悪の目をしてる。それでは、愛情は子どもに伝わらないわよ」って。子どもと会うときは、「部屋が汚い」とか「あれを片づけてない」とか文句ばかり。「もっと普通の会話ができないの」と、くり返し言っています。

記者　少年の側からしてみると、Cの家庭は、母親だって看護士として働いているわけで、経済的にも父親と対等であるにもかかわらず、家庭では、父親は酔っぱらってなにもしていない。そのいっぽうで、母親は家事を全部かぶって、父親に文句も言わない。子どもたちは、母親が帰ってくると、食事をつくるのがあたりまえだという感じで、女性観というのはますますゆがんでしまう感じを持ちました。

河野　ただ、もう一つね。彼らの不幸は、学校の教師体罰だと思う。

　私の息子も、少年たちと似たような体罰が横行している学校で体罰を受けました。それにたいして、私は必死になって子どもを守りました。学校と大げんかして、人の息子になにしてくれる。暴力からは愛は生まれない。暴力からは暴力しか生まれないって。

　私は、子育てのなかで、親でも教師でも、暴力からは、いい関係が生まれないと思うんですよ。心の痛みのほうが大きいですよ。ストーブに近づいたときに、ピチッとやるのは三歳までですよ。それからあとは、力ずくでなんとかしようとか、たたいたり、蹴ったりしてはいけないんです。

ほんとうに親は体罰容認なんて言っちゃいけない。少年たちは、自分の思うとおりにならない人間は殴っても言うことをきかせるというのを学んでいるじゃないですか。

記者　少年たちはリンチで、女子高生にいろいろな性暴力を加えてますが、アダルトビデオやコミック雑誌をまねたものばかりですね。ポルノの影響をかなり受けている感じがしますね。

河野　ポルノ、とくにＳＭ関係のポルノでは、いじめられている女が、それを喜んでいるように描いてますね。女がみんなそうだなんて思われたらぜったい、困るんです。

男にとっても女にとっても、ほんとうに緊張感がやすらぐような性関係を持ってはじめて心が通いあった充足感のある性になっていくんです。

まだ、社会体験の未熟な少年たちがポルノを見れば、やっぱり女は、こんなことをすれば喜ぶんだと思ってしまい、今回のように死ぬなんてことは考えもしなくなる。

女は、そんなセックスを求めているわけではないことを、大人がきちっと教える社会にしないといけませんね。

河野美代子（こうの・みよこ）　一九四七年、広島市生まれ。広島大医学部卒。広島大産婦人科教室を経て、あかね会土谷病院産婦人科部長。著書に『さらば悲しみの性』（高文研刊）など。

家族は一つのチーム——山下英三郎（スクールソシアルワーカー）

記者　少年たちの家庭を見ると、父親の存在が希薄で、母親一人が子育ての重荷にあえいでいる感じですね。

山下　父親が子育てから手をひいているのは、どこの家庭でも共通している。だから、いいということじゃなくて、共通しているがゆえに、日本の家族のもろさみたいなものが、出ているんじゃないかと思うんです。

昔のように、大家族で、十人も十二人もいるような家族なら、父親が家庭をかえりみなかったとしても、兄弟関係で補うことができたし、隣のおばさんに子どもを預けて出かけるとか、地域社会で支えていた部分がある。

それが、いまは核家族化が進み、家族も三人か四人でしょ。そのなかで、家族の中心人物の一人が抜けることは、家族の持っている力が、非常に落ちてしまうんです。そういう意味で、父親が子育てにかかわらないのは、いまの時代だからこそ影響が大きいのです。

父親がいない生活がつづけば、父親の存在が意味がないだけでなく、子どもにとって、うっとうしかったり、憎しみの対象になったりします。憎しみが父親に向かえばいいですけど、母親や他人に向かうことだってありますからね。

父親の存在価値

記者　山下さんは、登校拒否の子どもを直接、家庭に訪ねて、子どもだけでなく、家族の相談にのってあげるスクールソシアルワーカーの仕事をはじめて四年になるわけですが、父親不在は大きな問題でしょうね。

山下　父親が子どものことで、いっしょに真剣に苦しんでいる場合は、希望が持てるんですが、それがないときはしんどいですよね。

実際、そういう家庭が多いんです。

自分の子どものことで一週間に一回、私が定期的に家庭訪問しているのに、父親の顔が全然見えない。私が会いたいのに、仕事が忙しいとか、一年通っても会えないこともありました。

記者　父親は子どもの問題から意識的に逃げようとしているんですか。

山下　私に会うと、責められるという気持ちがあるかもしれないが、子育てにかかわってこなかったから、関心がないんでしょう。それでいて、自分の子どもが期待どおりに育たないと、子どもを否定的に見てしまうんです。しょうがないというかたちで。自分の手を汚すということはしませんね。

記者　昔から父親は、子育てでは、そういうかかわりしかしてこなかったんですかね。

山下　そうですね。父親が、直接、子どもを抱きしめてやるといった養育方法は、日本的でなかったんでしょうね。

しかし、昔は、父親の職場が畑であったり、商店であったり、家の仕事が多かったから、子どもが身近にいて、親の背中を見て子どもは育つなんて言われていたんですね。だから間接的な影響力なり、言葉の交流もあったろうから、距離は近かったたんです。

いまは朝早く仕事に出かけて、夜遅く帰ってくる。なかなか、父親の姿が見えないんですね。父親の意識は違わないにしても、現実の姿はずいぶん違うような気がしますね。

記者　父親が子育てにかかわらない状況がつづく限り、負担が増えたぶん、母親にしわ寄せがいきますね。

山下　いまは家庭というよりも、母親だけに子育ての負担がかかっている。ほんとうに子育ては、母親が髪をふり乱してやってるしんどさがある。それなのに、子どもに問題が起きると、すべて母親の責任にされてしまう。それは非常に酷ですよ。

記者　たとえば、典型的な父親不在のＢやＣの家庭では、山下さんは、どんな指導をするんですか。

山下　Ｃ君は、父親に不信感があって、母親は共働きで忙しい。親の存在を感じにくい状況だったわけです。

そうした場合は、「私は、しっかり君のとこにいるよ」と。つまり彼を大事に思ってくれる人間がいること、そして彼自身の可能性、存在価値を感じてもらうようにするでしょうね。

学校を選ぶときも、いろいろ考えたうえで選んだりするしね。進路も偏差値がこうだから、こしかないみたいなかたちじゃなくて、いくつかの可能性のなかで、自分にあったものを自分で決めたという意識が持てるような相談をしていくと思うんですね。

ところが現実は、みんなから、必要ないものとして、かかわられていますね。とくに学校なんか、そうみたいですからね。一回や二回行っても、関係はできないでしょうけど、一年なり、くり返し、常に訴えていく。言葉だけでなく、私の態度、姿勢でもって、一人の人間であるということを伝えていく。それが、拘置所とかで、はじめて他人の痛みを感じたなんていうのは、寂しいですよね。

B君は、十六、七歳で、世の中をあきらめてしまってますよね。それを、あきらめなくていいんだ、ということをしっかり伝える大人側からのメッセージが必要だと思いますね。それが、あまりにもなさすぎるんですよ。子ども同士では、なんとなくできにくいとこがありますよね。傷をなめあう感じになっちゃうから。

記者　つまり山下さんは、疑似父親的な役割をするわけですね。

山下　私は家族ではないから、少し距離を置くようにしてるんです。私が父親になってはまずい。父親の存在価値が、ますます薄くなってしまいますからね。

私としては、いつもパートナーということです。家族は一つのチームです。そのなかで、チームの状態が非常に悪いから、第三者が一人入って、仲間としていっしょに考えさせてくれということです。こういう仕事は、昔は、隣のおじさんやおばさん、地域の若者がやってたわけです。

変わりはじめた男たち

記者　そういうパートナーとしてかかわって、コミュニケーションがとれてきた例はたくさんあるんでしょうね。

山下　たとえば、今年、中学を卒業した子なんか家庭内暴力がひどかったんですね。バイク盗んだり、暴力をふるう子だったんです。その子なりに理由があるんです。

小学五年のときに両親が離婚して、その子は六年のときに父親にひきとられた。ところが、父親は仕事で忙しいから店屋物で食事はすますし、中学に入ってからは、その子の家がたまり場になってしまう。父親も仕事がうまくいかなくて、サラ金に手を出して、けっきょく、中三のときに、父親は家出してしまったんですね。

その子は、しかたがなく母親のところで暮らすようになるけれど、当然、捨てられたと思いますよね。母親への恨みも引きずりながら生きているわけですから、母親を責めて、殴る、蹴るの乱暴をはたらくわけです。

警察を呼んだりしたんだけど、うまくいかず、私がかかわるようになった。

よくしゃべる子でしたから、一カ月ぐらいたったら、けっこう、しゃべるようになりまして。バイク窃盗や乗りまわしもやっていたんだけど「そういうことは、やらないほうが君のためにいいかもしれない」と、ずっと話してたんですね。

母親のほうも、暴力をふるわれているときは「この子はいないほうがいい。どこかへ預けてしまいたい」と言うんです。「それじゃあ、ぜったいに子どもは、変わらないから」と、母親を説得すると同時に、母親をしっかり支えるようにするわけです。

母親の対応もしっかりしてくるようになる。子どものほうも、自分が受けいれられたという感じで、三月には暴力もなくなって、卒業するときには、親子でなんとかうまくやっていこうというまでになったんですね。

それは、私がなにかやったということではなく、その子のことを私が大事に思って、大事だということを母親に伝えて、この子がほんとうに大事だと思うようになったときに、コミュニケーションができるようになって、子どもを受けいれられるようになった。

記者　Aの場合は、母親が、父親不在の不満の代償をAに求め、強い期待をかけ、裏目に出てしまった。

山下　親は既成のピラミッド社会を上ってほしいという気持ちが強くて、勉強、勉強と迫るんですが、子どもはかならずしも、それを求めてはいない。無理に押しつけるから親子にズレが生まれ、ズレがどうしようもなくなると暴力や家出というかたちになって現れる。

母親が子どもに期待したのは、けっきょく、自分が不満を抱いているはずの父親の社会の価値観で、これではズレは埋まりませんね。

記者　親自身の個が確立されてないから、子どもにも過大な期待をかけてしまう。

山下　自分の精神とか生き方が確立されてないから、物質的なものにどんどん寄りかかってしまう。物質が人間の幸福をつくりだすような幻想を社会全体が持っているから、子どもにも、そうさせる。

わが家の子育ては、こうだとか、そういうものがあまりない。いい車、いい家を持ったりすることが、幸せと思ってしまう。そうした物質至上主義を、男たちが築きあげようとしている。でも、そうした価値観が、幼女連続誘拐事件もそうだろうし、こうした事件で揺るがされていると思うんです。

記者　父親たちの物質至上主義的な生き方に変化のきざしが見られるんですか。

山下　私が講演に行くと、ここ四、五年、参加者に男の人が増えている。昔は、私の話を聞くのは女の人ばかりだった。私の担当しているケースでも、最初は、父親に逃げられていたが、向こうから会いたいという父親も出てきた。そういったところから、男が少し変わりはじめているな、という感触はあるんです。

記者　とは言っても、父親が子育てにかかわるには、いまの生活スタイルを変えなければ無理でしょうね。

山下　生き方を変えてまでして、かかわることは、難しいでしょう。

でも、父親は、夜遅く帰ってきて、「おまえ、勉強してるか」という程度のことしか言わなかったのを「いっしょに食事に行こう」とか「旅行に行こう」とか言えば、「お父さんはおれのこと思ってくれてるんだな」と思いますね。

これまでやらなかったことを、父親が子どもに向けたりすることで、子どもはかなり助かる部分があるんです。

A君もヤクザの世界に入ってうれしかったと思いますよ。だまされてるにしろ、ヤクザはかかわってくれて、認めてくれるわけですから。暴走族の少年が右翼に流れるのも、そういう感じだと思います。自分のことを認めてくれますからね。

記者 父親にどんなアドバイスがありますか。

山下 父親には、家族というチームに、とにかく参加してほしいですね。子育ては、やりがいのあるもんなんです。企業の売りあげを五パーセント、一〇パーセント増やすより、ほんとうに人間が成長していく姿を見るのはすばらしいことですからね。そういう喜びを男の人に知ってほしい。そして子育ての苦しみもわかちあってほしいですね。

山下英三郎（やました・えいざぶろう）　一九四六年、長崎市生まれ。早稲田大法学部卒。商社マンなどを経て埼玉県所沢市教育委員会のスクールソシアルワーカー。著書に『いつまでもツッパレ！子どもたち』（徳間書店刊）など。

離婚と女性の自立――金住典子（弁護士）

記者　離婚が、少年たちに影響を与えていることを今回の事件は示していますね。

金住　私が離婚問題を弁護士として力を入れた動機は、父親が暴君で、両親の仲が悪かったんです。暴君と言っても、子どもながらに、なんとなく父もつらいんだということがわかってましてね。学歴がなくて、それでいて上昇志向があるもんですから、金もうけもしたいといらだっているんですよ。面白くなくて、弱い母に当たる。そして母も自立する力がなくて、子ども三人を抱えて、私は長女でしたけど、何回も飛びだしては、完全に飛びだしきれず戻ってしまう。けっきょく、母は「離婚したい」と言いながら耐えてしまったもんですから、十五年前に心筋こうそくで死んでいった。

母もかわいそうだと思うけど、子どもは、弱い存在でね。そういう重さを抱えながら生きていかなきゃいけない。耐えがたいんですよ。

どうして、好きでいっしょになったはずなのに、お互いに尊重して仲良く暮らせないんだろう。そんな世の中がつくれないのかという意識が私の原点なんです。

夫婦不信の被害者は子ども

記者　離婚でいちばん被害を受けるのは子どもですね。

金住　離婚相談でみえる方には、子どもっていうのは、そういう存在なんだ、という話をしてきましたけどね。

こんなケースがあるんです。

中学生の男の子が、父親の女性関係が原因で荒れはじめ、父親を殺すと言って、机のなかにナイフを隠すようになった。母親は、父親とは離婚する気持ちでいたんですけど「荒れた息子をひきとって育てていく自信がない」と相談にみえられたんです。

私は「あなた自身も揺れていて、自分自身を見失っている状況は、子どもには、もっとつらい思いをさせているんだから、本人が立ちあがるまで、妹さんとおなじように、ご飯もつくって、洗濯もして、声もかけてあげて対処してほしい。妹さんとおなじような反応は返ってこないけど、子どもはおなじように愛情を求めているんだ。あなたは、離婚する過程で自立して、強くなっていけば、子どもさんも落ちつくから」と励ましてね。

母親も悩んだすえ、離婚して、二人の子どもをいっしょに育てていく決心がつくと、子どもは、そんな母親の態度を見抜いて、母親への気持ちに変化が見えてきた。

七年ほど離婚裁判をやりましたが、終わるころには、男の子はすっかり落ちつきました。お母さん思いの優しい子に変わってきて、まえは勉強もしなかったけど、弁護士になるんだと、勉強はじめるようになったんですね。

記者　夫婦葛藤で苦しんでいるときは、子どもが、どんな思いでいるかを思いやる余裕がないですね。

金住　夫婦関係で不信感があって、いつも荒れていると、母親も自分自身を見失い、気持ちが荒だってくる。どんなに子どもに隠そうと思っても、ひどいせっかんとか、子どもをいじめるといったかたちで表れてくる。人間だからあたりまえなんです。

だから世間体だとか、そんな状態にいつまでも耐えてなくて、自分と子どものために離婚に踏みだす。経済的には大変だけど、生き方が違ってくるんですね。自分を大事にするという生き方が見えてくることによって、人間って優しくなるんだなあ、という実感があって、自分のなかに生命感があふれてくる。子どもにも、いい影響を与えることになりますね。

記者　離婚で、弁護士がつくケースは、少ないんでしょう。

金住　いま、離婚事件は、年間数万件ありますね。そのなかの大部分、九〇パーセントが協議離婚で、残り一〇パーセントが調停とか裁判です。協議離婚のうち、弁護士をつけるのは、ごくわずかですね。

大部分の人たちは、夫の理不尽とか不貞とか暴力に耐えがたくなって離婚したと言います。しかし、きちっと可能な限り闘って、納得のいく条件を勝ちとって離婚する人は少ないし、子どものことについても、面接、交渉を含めて、離婚後も親から捨てられたという思いにならないように対処していませんね。

そういうように考えるように援助していくことが、じつは子どもの幸せを確保する大人たちの義務だと思ってやっていますけど。

ところが、厚生省の協議離婚の動態調査を見ても、離婚のときの給付についてのとり決めもなく別れているケースが半分以上、しかも養育費のとり決めがあっても、払わなくなるような父親は、非常に多いんですね。

だから、私たち弁護士が出会う離婚というのは、ごく少数だという感じですね。

記者　世間体を気にしないで、母親が離婚に踏みきるまでは大変でしょうね。

金住　正直言って、人と人とが、ほんとうに愛しあうという意味での選択をしあっていっしょになるとか、お互いのイメージをつかんで結婚しているカップルは、日本では、まだまだ少ないと思うんですね。普通は、なんとなく結婚というものに踏みだしてしまって、家庭というのはないんじゃないかという気がします。

『かげろうの家』を読んで気になるのは、夫が女性をつくったり、ひどいことをしても夫を怒れない妻が多いことですね。

婦人学級で話をしても、夫と語りあったり、必要なら、けんかすることができない人が多い。

一人ひとりが自分の人生を大事にして、自分の足で自立して、自分らしく生きていくことの大切さを、学校教育ではなにも教えていない。学校教育が最大の元凶のような気がします。

ノーと言える妻

記者　夫婦が対等に相手の人格を認めあって、いい関係をつくるには、女性の側は、どうしたらいいですか。

金住　暴力だとか非人間的なことにはノーと言う。人間として耐えるべきでないものには耐えないで逃げる。そういうささやかな行動から、自分を大切にする個の発見ができると私は思っています。人格を認めあわないではじまった夫婦関係なら、苦痛だと妻の側がノーと言えば、相手の夫も主体的でないにしても、それなりに考えはじめ、反省するようになると思います。

記者　自立のためには、一見するとむだだと思われるようなことが必要ですね。

金住　そのとおりなの。いまの子どもたちは、遊びに夢中になれない状況がつくりだされている。それが人間性にひずみとなって現れ、家庭生活を営む人間を壊していると思いますね。

エリートさんだって大変ですよ。たえず自分が優位に立っていないと気がすまないわけだから、男女が対等な結婚生活で、幸せになれるわけないですよ。

私のところに相談に来た一流官庁の役人は、世間的には超エリートで、優秀な亭主だと思っている人が、妻からそのように尊敬されない、愛情を与えられない、セックスも拒否される事態になると、「じゃあ、おまえ、金出すからやらせろ」なんて平気で言う人が出てくるんですからね。

記者　男は、企業のなかでしか自分の生活がないわけだから、突然、家庭が自分の思いどおりにいかなくなると、なぜだと疑問を発してしまう。

金住　まじめな男が直面する離婚の大部分は、そのとおりですよ。月給袋を毎月、きちんと運び、浮気もしてないのに、なぜだって。企業のなかで受け身で、自分を大事に考えず、ただ仕事をまじめにやればいいという人間像を、学校教育がつくりだしているんです。自分のために学び、生きるという感覚を、どうやってつちかっていくかが、今後の私たちの課題ですね。

金住典子（かなずみ・ふみこ）　一九四二年、鹿児島県生まれ。中央大法学部卒。七〇年に弁護士（東京弁護士会）に。ニコニコ離婚講座講師。共著に『あ・ぶ・な・い生殖革命』（有斐閣刊）。

永遠の対話を――伊藤友宣（神戸心療親子研究室主宰）

記者　四人の少年たちの家庭でもそうでしたが、日本の家庭では、対話がなりたっていませんね。

伊藤　親子関係でも基本的な問題があるんです。

中学の先生が「子どものこと、ご存知ですか」と尋ねてくるでしょ。そうすると親は、子どものデータを、ことごとく覚知しておかんといかんという気持ちになるんです。そうなったとたんに、子どもに問いかけます。詰問攻めをします。それで関係が悪くなります。関係が悪くなると、ますます親子関係に隔たりができます。その隔たりがあるかないかというところが、いちばんの問題なんです。

深い共感の視点

記者　その隔たりをつくらないようにするには、どうしたらよいのですか。

伊藤　私はＰＴＡの講演会のなかで、いつも言うんです。

先生から「子どものことをわかっとかんと困りますよ」と言われたときに「なにがあったか言いなさい。心配しているんでしょうが。わからないから言いなさい」というかたちで子どもから、わからせてもらうのは無理だと。

文句なしに、親がわかってやりなさいって言うんです。

どういうことかというと、子どもがいやな顔してるということは、いやなことがあったんや。きっと。いやなときは、いやなもんだね。気持ちを晴らそう。晴らす気持ちにならんときは、ならんわなあと、子どもの気持ちを思いやることなんです。

だから論理で、原因と結果というものをつなぎあわせて、過去に、こういうまちがいがあったから、こういう問題があるんだ。だから、こういうふうにまちがいを直しなさい、そういう論理で説明するのは、全部、先走りの議論になるんです。

そうじゃなくって、子ども自身が、自発的にものごとを考えたくなるというのは、親との一つの大きな深い共感の視点を持つ、そこでほっとして、さてと、次のことを考えはじめる。

だから、いやなときはいやだよね、だからいやなのよ、うーん、なるほど、という感じになると、親と子どもが、情緒的に一体感が瞬間にできる。そうすると、思考が芽生えるんです。そういう場面設定が、教育のなかで、語られなさすぎますね。

記者 そういった対話を私たちは学んでこなかったのではないですか。

伊藤 四人の家だけでなく、私たち一般の家庭でも、対話はできてないですよ。第一、対話なんて、私たち、知りませんよ。個の違いを確かめあうのが対話ですから。昔から日本では、向きあって、それぞれの立場やら考えやら、違いを吟味するみたいな対話なんか、いらなかったんです。農業であれ、漁業であれ、みんながやることを一斉にやったらいいんですからね。生活は話をしないでしたものなんです。

確かに、優雅な貴族階級や一部の権力者に局限された状態では、対話はあったでしょうね。庶民には、個性はいらなかったんですよ。もし違いがあったり、はずれが出てきたら、村八分なんです。だから、寄りあいで話をするというときも、日ごろから思っていることを爆発的に言うと、それは村八分になるんです。

記者　と言うと、対話というのはなんですか。

伊藤　日本の社会では、対話というのは、知識でもって、一色にならないといけない、おなじレベルの知識を、お互いに了解しあわないといけないと思っているんです。

そうじゃなしに、知識については、それぞれの年齢の幅も、人間の幅も、立場もあるし、社会的違いもある。ああ、こういう立場が違うと、こういう知識の違いが出てくるんだなあ、ということを、理解するのが対話なんです。

記者　一般に、対話というと、結論が出ないといけないと思ってますね。

伊藤　お互いに時間を延々とかけて、違いを明確にするというのがギリシャの哲学者の対話ですからね。だから、いま日本人が思っている対話は、じつに即応的で、相手を制覇して導かなきゃいかんという考え方ですからね。ダイアローグという言葉の本質からずいぶん隔たってしまってるように思いますよ。

生きている限り、永遠に話をつづけましょうみたいに思うのが対話ですよ。

対話は情緒の共有

記者　Cの母親は、対話ができなかったので、日航機の機長が、まっさきに逃げたというニュースを見て「機長としては責任を持って最後まで残ったほうがいい」と言ったら、Cは「人間だから逃げるのはあたりまえだ」と怒った。対話にならないと思ったと証言してましたが。

伊藤　そういうときは、お互いの感じ方の違いを確認するだけでいいんです。「ああ、なるほど違うのか。生活や経験も違うから、そういう違いになるのかなあ。まったくねえ。もっともねえ」と、違いのあることのいらだたしさを親と子が共有すればいいんですよ。

私は頭と心の違いということを、いつも思うんです。

頭というのは、意識をはたらかすんですね。心というのは無意識なんです。頭で意識をはたらかせて、一生懸命考えるのは、データというふうに申しますが、知識にかかわることですね。

知識のありようというのは、多い、少ないもありますしね、なににもとづいているかによって、実態が違います。だから、知識のうえで戦いあって、一色に染めてしまおうとすると、無理が起こるんですよ。

四十五歳の男と十三歳の娘とでは、知識は、四十五歳が勝ちます。負け戦というのは、いつも、してやられたみたいな残念さがあってね、再起を期するんですよ。こんどは、やってやろうとね。そのまま、負けてたまるかみたいなね。そういう意地の張り方が出てきますでしょ。だから、情緒の共有ということと、知識の一致ということとを、いっしょくたにしてはいけないんです。

頭と心がつながりあわないという状態ってあります。たとえば、なにか悪いことをした人間にたいして「どうしてしたのか」って言う。それは心理学者じゃないと答えられない。言うに言えない結果なんですよ。個の違いを確かめあうのが対話なんですから。

ところが、そうした自己表現の教育をみんな受けていない。ほんとうは学校教育で、丹念に違いを明確化していく作業をしていかなければならないのに、一方的に点数をつけ、黙ってついてくる従順な人間をつくってきたわけです。これでは対話はできないですね。

記者　いちばん必要な親子の対話も、じつは対話にはなっていないんですね。

伊藤　親と子どもが、お互いの感じ方の違いを明確にして、違いがあることのいらだたしさを共有すればいいんです。

ところが親のほうは子どもの恥部に触ることが対話だと思ってます。だからかならず質問形式でたたみこんでいきます。子どもは、たたみこまれたら、へこたれな、いかんので、あの手この手を使って逃げようとする。それをひっとらえようとするのを対話だと大人は思ってます。

そうせずに、自分の思いや、相手のことをどう推測しているかを、一方的に言えばいい。相手がどう受けとめるか、まいた種がどう芽生えてくるかは、あとの楽しみでいいんですよ。

記者　しかし具体的な対話となると難しいですね。

伊藤　たとえば、オープンに「わしは、おまえの成績がどんどん下がっておるので、志望校を変えなあいかんと、やりきれん気持ちになっとる。あっ、ちょっと、お茶入れてくれ」で、いいんです。

ところが「思うが、どうかな」と、すぐさま、その答えをださせようとすると、子どもは「もういいよ」と立ちあがってしまう。インスタントラーメンも三分待てというでしょ。まいた種がどう芽生えてくるかは、時間をかけないと。

記者 日本人は、こう話したら相手がどう思うかと気にしたり、心で思っても口にしなかったり……。

伊藤 頭での知識の一致を求めるから敵対関係になるんです。対話は知識ではなく心にある無意識というか、情緒の共有なんです。

記者 その点で私たちの社会では、教師と生徒、親と子、企業での上司と社員、みんな敵対関係のような気がしますね。

伊藤 敵というのは自分の存在を脅かす相手だという意味ですよ。世の中は全部、非常時には、主に仕えて敵を撃つんだというのが生き方になってます。今回の事件も、仲良しでなければならない夫婦が亀裂を生じたとたん、いちばん憎しみあう関係になっている。

勝ち負けの争いが人間関係のすべてだと子どもたちは思いこんで育てられてきてますよね。

だから相手を敵だと思ったとたん、人間じゃなくモノになってしまうでしょ。仲間にたいして「おまえ仲間になるよな」と、言葉で確かめて、回答が出てきたら、それをすべてと思う体質を親から教えられているんです。その知識による対話の価値観をひっくり返さなきゃいかん時代に来ていると思いますよ。

伊藤友宣（いとう・とものり）　一九三四年、神戸市生まれ。大阪大文学部卒。神戸心療親子研究室主宰。著書に『家庭のなかの対話』（中公新書）、『家庭という歪んだ宇宙』（筑摩書房刊）など。

マラソンの伴走者のように――佐々木賢（高校教師）

記者　少年たちは、偏差値が低くて希望する高校に進学できず、その高校でも、けっきょく、挫折して中退してますね。

佐々木　高校中退者は、一年で十一万人とマスコミで騒ぎますが、じつはおなじくらいの中卒、高卒就職者が、就職して一年以内に離職している。だから、十五歳から二十歳までのあいだに、数十万人から百万人の若者たちが、ひとつのところに、つまり、どの職場、学校にも定着しないで浮遊している現象がある。

いい、悪いはべつにして、そうした消極的モラトリアムを大人たちはきちんと直視するところから出発したいですね。

偏差値アイデンティティー

記者　その原因、背景はなんなのですか。

佐々木　単純ではないんですが、生徒の側から見ると、四人の少年たちとおなじように、自分がなにをしたいから学校に行くのではなくて、親が行けと言ったとか、ほかに行くところがない、友だちがいるとか、仮目的と言うか、取りあえず進学してくる生徒が大半です。

だから全日制では、大学進学を目的にして入ってくるから、偏差値がちょっとでも上がるのを楽しみにしている生徒が、かなりの数にのぼっている。それもあくまで仮目的なんですね。

私は偏差値アイデンティティー、資格アイデンティティーって言っているんですが、それだけで、当面の青年期を過ごしてしまうんです。仮目的がないと、進路不安に苦しむんです。だから、私は、浮遊している若者も、大学進学を仮目的にして勉強している者も、じつは似たりよったりの心理状態だと解釈しているんです。

記者　だから、中退だとか、高校に行っているという外面だけで、人間を評価してはいけない時代なんですね。

佐々木　ぼくもそう思いますね。登校しながら、心のなかでは不登校だったりする若者が、圧倒的に多いと思いますよ。不登校でも、充実した人生を送っている人がいますからね。

もう一つ、自分で学校に入ったんだけど、『かげろうの家』の四人の少年たちとおなじように、不本意入学が、ものすごく多いんです。じつは、自分の本意とするところもはっきりしてないんです。そこを、大人たちは、はっきりとつかんでおく必要があると思います。

高校が偏差値で、A、B、C、D、Eのランク付けがあったとしますよね。おれはCに入ろうとしたがDに入れられた。われわれからすると、CとDの差なんて、さほどないんですが、Cの評判のほうがちょっといい。それでも生徒にとっては、仮目的で、ほんとうに行きたいところと違うものを最初から目的にしているわけですから、偏差値での挫折感が強い。だから、親も子どもも、その偏差値にとらわれない気持ちをつくらなきゃだめなんです。偏差値意識をポンと放りだした人は、生き生きと楽しく送れていますね。学校にたいする〝とらわれ〟を、どうやって取りさっていくかが深刻な問題です。

記者　ところが、親たちは、学校を出ないと就職、進学できないと思いこんでいる。

佐々木　この『かげろうの家』の少年たちも、偏差値にとらわれている。C君も「高校に受かったけど、ちっともうれしくなかった」と言ってるでしょ。子どもは、親と教師が勝手に進路を決めてしまうのを、すごくいやがります。一般的風潮なんですが、問題なのは、親が子どもの存在よりも学校を大きく見る姿勢なんです。

現実に、親は「学校へ行かないと大変だ」と言って、行っていれば安心してるけど、行ってても安心できないし、行かなくても、そんなに不安でもないんですね。

教師の私が、そんなこと言うのはおかしいんですが、二、三十年前の定時制と比較すると、いまの生徒は学校にものすごく強い関心を持っているんです。昔は、学校に来てる生徒でも、学校には無関心で、もうちょっと勉強に関心があった。ところが、いまは、学校を卒業するとか、どこそこの学校だとか、学校にたいする関心が強過ぎる。

私は〝学校化〟現象、学校的なものに、とらわれすぎていると思ってます。

記者　先生の言わんとすることは、よくわかるんですが、現実の問題になると、なかなかね。

佐々木　高校を出なくても働ける仕事は、いっぱいあります。大学を出なきゃいけないような仕事につきたくなったら、改めて、大学に入ればいい。自分の目的がはっきりしないのが特徴ですから、しばらくいろんなことをしてみて歩く。それで、やりたいことが出てきたら、勉強して、資格を取っても遅くはない。昔より多様な方法があるんですから。

高卒でなくても大検をパスすれば大学に行けますよ。大学の通信制に特殊なコースがあって、そこは中卒でも行けるんです。大学受験は高校より予備校がいいし、就職も就職情報誌で十分まにあう。一般教養もテレビや本ですむ。学歴も含めた資格がすでに形骸化しているんです。

薄れる労働の価値

記者　しかし「話はわかるけど、うちの子どもだけはなんとか」という声が聞こえてきそうですね。

佐々木　仕事の内容も大きく変化してるんですよ。自動車整備工は、かなり難しい資格なんですが、実際に資格を取って、いざ仕事をするとなると、簡単な仕事をやらされる。チェンジマン、取りかえ屋さんと言われてね。コンサルトという機械が不良個所を見つけちゃう。整備工は、ネジを回してポンとはめこむだけ。

自動車部品の販売だって、部品の数が増えて、しかも全部、MEの記号化して、コンピューター入力になってるでしょ。記号番号を全部、覚えなきゃいけない。すると、せっかく車に興味を持って入っても、一種の疎外感を持ってしまうんですね。

人間の能力も単純、部分化して、パート、バイトの派遣労働が進出し、労働の意義がわからないようになっている。

記者　昔のように、いったん就職したら、仕事に誇りを持つということが難しくなっているわけですか。

佐々木　去年の卒業生に、写真が好きで、学校では写真部に入って、毎日、暗室で現像、焼きつけを楽しんでいた者がいる。

彼は零細企業を経て大手の現像焼きつけ会社に就職した。ところが三カ月して「やめたい」と言って来た。話を聞いたらプリンターという機械が一分間に数千枚の現像、焼きつけをしてしまい、彼の仕事は、できたのを仕わけするだけなんですね。あれだけ、写真が好きだった男は、なにもしないで、機械がやっちゃうんですよ。

こんな話は、たくさんあります。

ある機械が、古くなってきて一時間に一回ぐらい、ずれることがある。そのずれたときに指先で触ってやるのが仕事で、月に十六万円もらってる。買いかえると五千万円するから、工場は、一人の指先労働者を雇ったほうがいいんですね。

つまり、仕事は単純で、下請け化が進み、人間性がなくなって無機質化している。だから、パートやバイトの派遣労働が労働市場に進出して、意味を持ってきているんです。

昔は、積みかさねの熟練工が要求されたけれど、いまは多種類の機械を操作でき、変わり身の早さを必要とする多能工の時代です。

記者　仕事が多能工化したことで、若者の労働観に変化が見られますか。

佐々木　修業的な人間のふれあいがなくなって寂しいという半面、気楽に金もうけができると喜ぶ若者たちも増えている。

熟練工と多能工のいちばんの違いが、どこにあるかというと、人間関係のネットワーク化だと思うんですね。熟練工は、先輩の指導を受けながら熟練して、また後輩を指導していく。人間くさい、共同的な仕事をしてきた。

ところが、多能工だと、外部の研修機関に派遣される。人間関係は、スポッと切れて、外部の研修が終わると、資格をもらって来る。これは個人の実績になる。共同性が、個人の業績に変わり、先輩の指導が外部の研修機関に変わるという大きな変化が現れている。

こういう変化が起きている現実を大人は、直視する必要があるんですね。

私は、労働する人間の価値が薄れ、味気ない気がします。おれの天職は大工だという生徒が、昔の定時制高校にはいたんですが、いまは皆無ですね。

子どもたちは、どんな仕事をしてもおなじだ、ただ賃金をもらえばいいんだ、その賃金でなにをするか、遊びの内容のほうが問題になっているんです。こんなことに使った、あんなことに使いたいということが問題で、労働の価値は、昔のように生活のなかで結びつかなくなっているんですね。

ですから、この労働観を否定すると、現代社会全体を否定するような感じになって。これで明るく生きている若者たちが、増えはじめているんだから、認めちゃわなきゃいけないと思うんですね。

早急に、いい、悪いはべつとして、こうした労働市場の変化を見つめ、相談を受けたら若者たちといっしょになって、おなじ立場で考える姿勢を持つ。君が進もうとするところは、こうなっているよ、と大人の目で説明できたらいいんじゃないですかね。

ふっと息を抜いて

記者　若者たちとおなじ視線で、と言っても、実行するとなると難しいですね。

佐々木　私も十年前、校内暴力がさかんだったころ、生徒に不気味さを感じたんです。だから、こんどの事件で少年の親たちが感じた不気味さを理解できるんです。

じつは、大人が教師であろうが、親であろうが、不気味さを感じることがあって、なぜ、そうなのかというと、こちらが不気味さを感じていると、向こうも、こちらに不気味さを感じているんですね。なぜ向こうが感じているのか、なぜ子どもたちが不気味に見えたのかというのは、お互いの誤解、断絶からきてるんです。ぼく自身は、ひどい非行や、シンナー吸ってても、慣れてきたというか、あんまり生徒を不気味に思わなくなってきたんです。

それは、私が、六、七年前に、いっさいの教師性をスポーンと投げすてちゃったからなんです。

横にぶっ倒れるような感じがしたんですがね。親だったら、この子のために、こんなことをしなくちゃいけないといった教育的眼差しといった親性をスポーンと落としちゃうことです。

記者　具体的にはどんな行動をとるのですか。

佐々木　生徒が自分の人生を走るのを、マラソンの伴走者のように、いっしょに横について走る。走るのをやめて座ったらいっしょに座ってやる。ところが、いまの大人は、それをほとんどしないですね。

『かげろうの家』の少年たちも、タイル店の社長が、しばらく伴走してやっていたのに、いなくなってしまった。ほかにくっついて走っている大人が、ほとんどいないというのが特徴ですね。

伴走者になりうる最初の心構えは、こちらの課題とか期待とか、子どもにたいする教育的まなざしを取りさっておくだけでいいんです。

そうしないかぎり、ぜったい、子どもは受けつけません。自分の道をふさぐためにやってきたとしか思わないんです。

一人でやってると、しんどいですから、みんなが少し伴走して、つまり、人間というのは、そうして人生を歩んで行くんだと思うんですよね。そのちょっとした、いっしょに走るという、おなじ方向を向いて走るという伴走は、だれもが、心構えをちょっと変えるだけでできる。それを、大人はなにか自分の課題をもって、子どもをひっぱろうとするんですね。そうすると、ほとんど失敗しますね。

記者　管理強化が進む学校で、教師が伴走者になるのはむずかしいでしょうね。

佐々木　学校は形骸化してますし、八方ふさがりだと思うんですね。ただ、ぼくは、資格を非常に悪しざまに言うようになってきたんですけど、人間を測定して、人間を規格化することはやめたほうがいい。

だけど学校は、その規格化の最先端をいっているような気がするんですね。

とにかく通信簿つけなくちゃ、評価しなくちゃいけない。生徒と親しくなったなと思ったとたん、評価して、通信簿で五点だ、君は三点なんてつけて「先生、なんで私三点なの」と言われると、ギクッとするんですね。こちらだって、確かな根拠があって、三点つけてるわけじゃないですから。仕事上、ぜったいに逃げられない、生徒を評価せざるをえない立場に置かれていることはあるんだけれど。

世の中、すべて資格社会に入っていくと、すべて人間を資格で見てしまい、人間社会のシステムは、網の目のように細かくなっていく。しかし、その網の目から漏れる部分がある。その漏れる部分では、昔のような普通のつきあいが、部分的にできるんだというのがぼくの考えなんです。

授業中に、ふっと一瞬でもいいから、気を抜いて雑談するとか、放課後にいっしょに出るとか、われわれも野放図に勤務時間を長くするわけにいかないから、勤務時間のなかで、息抜いて、考え方を変えて、生徒と接する。

私のところも校門指導というのがあるんです。授業に出ないで、校門の外に座っている子がいると、すぐ「入れ」って言わないで、一瞬、間を置いて、五分でもいい、いっしょに座ってることにしているんですね。

そうすると、最初はけげんそうに見てますけどね、「先生、暇そうだね」なんていうことを、なにやら話してくれる。ぼくにとっては、重要な話でね。半年もいっしょにいますと「おれ、少年院に行ってたんだ」という話をふっとしてくれたり、こっちを教師として意識してない、評価者として見ていない時期がけっこうあるんですね。

記者　佐々木さんの言う網の目から漏れる部分でのつきあいというのは、どうしてつくっていくんですか。

佐々木　システム上は、ぼくもあんまり時間がないんだけど、やっぱり、網の目のすきまみたいなものを勝手に見つけてね。システムとしては、なんか教師としては評価しなければ、首を切られる対象になるらしいですけど、部分的に息を抜くと、コンタクトがとれる場合がある。そんなに簡単にとれないですけど、とれる場合が、ぼくは多いですね。

教師の通常の仕事をやっているときには、コンタクトをとれたことはほとんどないですね。登校拒否の場合でも、家庭訪問して、話をして学校にひき戻したりした経験なんて、ほとんどない。

むしろ偶然に、登校拒否している理由をほかの場面で聞きだして、という偶然の場合が多いんですね。瞬間の偶然に頼る、すきまを見つけてやるよりしょうがないんじゃないですかね。

そうした伴走者が四人の少年にはいなくて、人間関係が切れてしまってたんですね。

佐々木賢（ささき・けん）一九三三年、中国・瀋陽生まれ。六一年から都立定時制高校教諭。共著に『果てしない教育？』（北斗出版刊）。

豊かな社会の構築を――ヤンソン・柳沢由美子（評論家）

記者　一般記事では、婦女暴行という用語を使っているんですが、今回の連載では強姦、輪姦という用語を使いました。

女性の側から「暴行などという生易しいものではない。はっきり強姦と書くべきだ」という主張が強くなっており、今回の事件はまさに、その問題と受けとめたわけです。

ヤンソン　私は、この事件を単に誘拐して監禁して、殺害した事件ではなく、性暴力事件と、とらえています。ところが、新聞の一般記事には、その視点がないんです。女子高生が、性的はずかしめを受けたことが最後まで出てこない。書く側が、男だから「まずいな」という意識があるのかどうかはわかりませんが、性暴力としての本質が伝わらないと思います。

ポルノはテキストで強姦は実践

記者　ポルノが、この事件でも少年たちの性意識に強い影響を与えていますね。

ヤンソン　学校社会から落ちこぼされた少年たちは、時間の過ごし方がわからず、その受け皿がポルノだった。たとえポルノがエサでも、子どもは成長するんです。刺激はかならず行動を起こす。

アメリカでは、女性たちが「ポルノはテキストだ。強姦は実践だ」という言い方で、ポルノ産業を追放しようとしています。ポルノが伝えようとしているものは、女は凌辱《りょうじょく》していい、女は力で犯していいんだ、モノなんだ。そして、どんなにいやと言っても、女にも願望があるんだ、というゆがんだメッセージなんです。

現実性の希薄な少年たちは、ポルノを見ると、その刷りこみで、現実の社会と、やっていいことと、悪いこと、欲望と現実の社会規範のギャップが見えなくなる。空想の世界と現実の世界がいっしょになってしまう。アメリカの女性たちが指摘している「ポルノはテキストで、強姦は実践だ」という言葉が、こんどの少年たちにもあてはまるように思うんです。

記者　少年たちは、女子高生を強姦、輪姦しただけでなく、すさまじい暴力をふるっているんですね。

ヤンソン　ポルノ環境が、ゆがんだセックス観を植えつけたように、少年たちの周りでは暴力が日常化していた。

家庭では親から、学校では教師から体罰を受けている。クラブ活動でも、先輩が暴力をふるっています。どこに行っても、暴力がつきまとう生活のなかで、彼らが見たポルノもまた暴力にあふれ、日常生活は暴力なんだという刷りこみがすごく強かった。

少年たち自身が、暴力にたいして無感覚、まひ状態の自分をつくらなければ、生きていけないような生活環境にいたと思いますよ。だからこそ、四十一日間の監禁で、暴力を異常とも思わずに過ごせたんです。

記者　欧米でもポルノはさかんなんですか。

ヤンソン　ポルノが解禁になった六〇年代にくらべると下火です。女性の社会進出が、ポルノを許さないというモラルづくりに大きな力となっています。スウェーデンでは、プレスコード（報道規制）があって、性と暴力を組みあわせた表現は禁止されています。

それと、もう一つの歯止めは、ポルノが簡単に手に入らない。ポルノショップには大人しか入れません。アメリカでも、ポルノ産業が表現の自由との絡みで、批判を受けてこなかったんですが、州法や市の条例で禁止する動きがあります。

表現の自由の立場から、ポルノ規制に反対する人がいますけど、人権を侵害する表現の自由は許されるはずがないんですよ。

記者　日本では、女性の側からのポルノ反対の声が盛りあがらないようですが。

ヤンソン　日本では、冷蔵庫を売るにも金融商品を売るにも、広告にはビキニスタイルの女の子が登場する。言葉で言えば、性の商品化が、自由に規制もなく野放しになっている。その刺激を受けて、犯罪が起きているのがわかっていても、女たちから、反対の声があがらないのは、セックスについて発言すると、男からヒステリックに見られないか、という女性の自己規制が強いんです。女らしさとか、女はこうあるべきとかいった女性観が、女性の行動を鈍らせているように思います。

人生観の転換を

記者　女性の社会進出で、女性の社会的地位は欧米並みに高まってきてますが。

ヤンソン　ＡやＣの家庭もそうですが、奥さんが働いているのに、子育て、家事、家庭の運営などに、男はいっさいかかわっていない。夫婦がおなじように働いていても、夫のほうは、妻を主婦だと思っている。

いまは、男も女も家庭生活もするし、社会生活もするという価値観に切りかえなければ、女は働いていけない時代なんです。男は、家を一歩出たら、家族や子どもはいいんだ、というわけにはいかない。それなのに、いままでどおりの男の価値観で突っ走った結果が、ＡやＣの家族の姿でしょ。

記者　女性の社会進出がさかんになるいっぽうで、子どもを生まない女性も増えてますね。

ヤンソン　出生率の低下で、政府は子どもを生みなさい、家族を増やしなさいと言うけど、私はすごく怒りを感じるんです。子どもの数を増やしたとしても、いまの社会で、どう育てていくのって。

みんな偏差値なんかつけられて「おまえは、こっから上は合格できないよ」と切り捨てられる。子どもたちには自由もないし、自分の将来に夢を持つようなこともできない社会をつくっておいて、人り口が足りなくなり、老人を支える数が少なくなると、産めよ増やせよでしょ。

精神的な骨粗しょう症のようなボロボロの社会で、子どもだけ増やしてどうするのと言いたい。

記者　スウェーデンでは、日本の社会に根強く残る男女の役割分担は、なくなったんですか。

ヤンソン　一九六八年に男女平等教育が学校教育に取りいれられたんです。男も女も性に関係なく、仕事をして生きていくのは当然だという教育を徹底した。そのうえ、女性が社会人として生活していける制度を確立したんです。

子どもが生まれると、男女あわせてですけど、一年間の育児休暇がとれる。子どもが病気したら、看病休暇もとれます。

もう一つはフレックスタイムを上手に活用してます。午前十時から午後三時が、コアタイムで共通の勤務時間。あとは出社、退社は自由に決められるから、夫婦で時間をあわせれば、子どもを預ける時間は、五、六時間ですむ。

「働く以上は家族はないと思え」という日本社会の価値観と違って、スウェーデンは社会基盤のすべてが、家族を前提にしてできているんです。

記者　日本が豊かな社会を築いていくには、なにが必要と思いますか。

ヤンソン　社会レベルと個人レベルと二つの対策があると思います。

社会レベルでは財界トップのような社会の枠組みをつくる人たちが、余裕のある生活を制度化していくことです。もう、企業利潤追求の時代は終わったんです。たとえば、ヨーロッパは、年次有給休暇が四週間ある。日本のゴールデンウイークや正月に当たるのは、クリスマスやイースターがありますが、これとはべつに有給休暇が認められている。日本も、これくらいのことはできるんです。そうすれば、いやでも時間ができるから家族と口をきかなければならなくなります。
それと個人レベルでは、男たちは仕事ばかりでなく、人間関係を豊かに楽しんでいくという人生観に価値転換をしなければいけない。ほんとうの経済大国だというなら、福祉大国になってほしいですね。

ヤンソン・柳沢由実子（やんそん・やなぎさわ・ゆみこ）　一九四三年、岩手県生まれ。上智大文学部卒。夫はスウェーデン人。評論家。著書に『男は変わる』（有斐閣刊）、訳書に『試験管の中の女』（共同通信社刊）など。

社会に課せられた〝一生の宿題〟——斎藤茂男（ジャーナリスト）

斎藤　連載を読んで気になったんだけど、女子高生についてはまったくふれていないね。

記者　弁護士を通じて家族に取材を申し入れたが断られ、話を聞けなかった。少年たちは、女子高生について話をしているけれど、事実かどうか、あいまいなかたちでの報道は、人権の問題にもかかわってくるので、今回はふれないことにしたんです。

両親が落ちついて、彼女との親子関係などについて語ってもらえる時期がきたら、続編のかたちで連載を再開したいと考えています。

斎藤　彼女の家庭とか親子関係は、わからないけれど、いまの子どもたちが置かれている状況から推察すると、表面は寂しい顔はしてないが、彼女のなかにも切り離された一人ぼっちの寂しさというか、どうやって生きていいかわからない不安感があったのではないか。

その点で、四人の少年たちと一脈通じる同時代感というか、おなじ時代のつらさを生きている、そういう感情を彼女も共有していたのかな、という感じがする。加害者と被害者がいてというドラマではなく、彼女の悲惨さが、深いところでわかる気がする。

男社会のツケ

記者　少年問題を長年にわたって取材してきた体験から、今回の事件をどう受けとめていますか。

斎藤　七〇年代後半から八〇年代と、少年問題を追いかけてきて、その背後に家庭崩壊とか、親の子どもへのかかわり方とか、さまざまな問題があることを指摘してきた。

とくに幼児期の自立とか、過保護、過管理とか、さまざまなかたちで表れる自立阻害が、けっきょくは、子どもの思春期の自己破壊とつながっていくと書いてきた。

今回の事件では、その要素はないことはないと思うけど、いままでのものさしでは計れない、べつのものさしをもう一つ持ってこないと、この事件は解釈できないんじゃないかと思う。

その、もう一つのものさしが、なんなのかは、われわれ自身にもよくわかっていない。

従来の親がいて、子がいて、家族構成がこうで、親や学校が、子どもとこんなふうにかかわった、つまり、こういう方程式だと、こういう答えが出てくるという従来の発想法では、事件を解釈できなくなっているのではないだろうか。

ようするに、家族の問題プラス社会全体の総合的ツケが、ようやく八〇年代の終わりになって、凝縮してきた感じがする。

これからは、この事件を出発点にして、こうした事件が続出してもおかしくないような状況ができあがっていると思う。ところが、まだ、われわれは、そこに気がついていないのではないかな。

記者　取材していて、子どもたちが背負わされている現代社会のひずみが、この事件に凝縮されて出てきたという感じがほんとうに、しましたね。

斎藤　日本の社会全体が、目前のハードルを次々に乗りこえるかたちで、生産性を上げてきた社会だから、目標達成型社会、課題達成型社会が形成されてくると、肝心かなめの目標を達成したときの達成感だけが目的化して、そのほかの価値にたいする欲求度が下がってくる。

日本の企業はホモ社会といわれるくらい、おなじ目標に向かって突進して、それを乗りこえたときの達成感とか、友情とか連帯感が、ものすごく強くなるんだね。

だから達成感を共有しあっている男は、うちのなかで夫婦間の対話をするとか、赤ちゃんのオシメをとり替えるとか、子育てとか、自分の課題と関係ないことには興味を示せなくなってしまう。まして生産的な価値を生まない、むだな時間を共有することは視野に入ってこない。

女性だって、社会のありように巻きこまれてしまって、ホステスさんだったBの母親は、子どもが入院してもぜったい休まないとか、また看護士さんだったCの母親も、仕事で一生懸命になっていて、子どもとのかかわりが二の次、三の次のようになっている。

七〇年代以降、とくにオイルショックのあとに、意識的にしかけられたんだが、円高を乗りこえた巨大な経済力達成のツケとして、日本の大人たちは、目標達成型社会のサイクルから逃げられなくなってしまい、視野狭窄《きょうさく》に陥ってしまってるのではないだろうか。

記者　企業社会の評価が、男の評価になってしまって、家庭での評価は、評価にならないわけですね。

斎藤　それに女性の側も、そうした生き方を黙認しているところがあるんじゃないかな。多少は我慢しても「ほかの家では、このぐらい稼いでいるから、うちも稼いでもらわないと」ってね。企業戦士を再生産しているんだね。企業戦士社会の肥大化と、男女の関係のゆがみが一体化してしまったのが、日本の姿だと思う。

ほかの国は、十年前、性別役割分担はやめましょうと、国連で宣言されて、女性差別撤廃条約ができて、世界中がそうなってきているのに、日本だけは役割分担意識が伝統的に強くて払拭《ふっしょく》できてない。こうした男社会のツケを背負わされた子どもたちが悲鳴を上げているような気がするね。

記者　AやCの父親は、典型的な会社人間でしょうね。ところが、そういう私たちだって、取材をはじめて一年、毎夜、深夜帰宅ですからね。Cの父親が法廷で証言する姿を見て、人ごとでないぞと実感しました。私たちが証言台に立ってもおなじような証言をしたかもしれないと思うと、ゾッとしたんですね。

斎藤　父親たちは、みんなまじめで、一生懸命働いている。自分たちの生き方には、べつに罪悪感を持ってないと思うんだね。それは、隣近所を見渡してみれば、みんなそうだし……。

私もおなじ船に乗っているという安心感の下で、証券マンのAの父親なら、ノルマを果たすとか、診療所事務長のCの父親なら、システムを改善するとか、目前の課題を達成することに一生懸命なんだね。そういう意味では、たとえば、Aの父親は、夫婦関係がうまくいってなかったということもあるだろうけど「これだけ一生懸命働いていたのに、なんでおれが悪いんだろう」と思っているのではないかな。

記者　そうした父親の姿を、子どもはじつによく見ていると思いますね。子どもの目は鋭いですからね。

斎藤　Aの父親の生き方は、女性観、家族観とも、典型的な男の感度だね。かたちの上では共働きはしているけれど、ほんとうに役割分担して平等にやっていないんじゃないかな。とくに、Cの家は、母親が看護士さんで、ハードな仕事をして、しかも家では家事をほとんどやっている。父親が、毎晩飲んで帰ってきたんでは、母親と同等にやっているとは思えないね。

子どもたちの女の子にたいする対応を見ても、男社会の代表である父親の体質みたいなのをうけ継いでいる。男社会のウミを全部、子どもたちが背負って、いろんなかたちで表現しているんじゃないかな。

大きい学校の責任

記者　そうした経済効率優先の男社会に疑問を抱く動きも、少しずつだが、出はじめてきたような気がしますが。

斎藤　女性の側から女性差別にたいする抗議というかたちで、男女平等問題が提起され、男の側も、やっと気をめぐらしはじめたということだね。

家庭のなかで、男女の役割分担をなくして、男と女の関係をつくり変えていくことができれば、母親は、父親が企業戦士として働けるように一方的に献身する必要はないし、子どもを大人の人生の道具にしなくてもいいから、子どもの精神的自立を阻害することもなくなる。いままでと違う家庭像が誕生する可能性が出てくるよ。

記者　家庭だけでなく、学校も偏差値による輪切り教育や、教師体罰で、少年たちの自立が阻害されているのも見逃せませんね。

斎藤　少年たちは、家庭の事情もあって十分な成熟が遂げられないでいる。親は、素人なりにやってるけど、なかなか社会のしくみのなかで少年にかかわることができない。そこで、教師という専門家がいるわけだ。教師がなにをやったかを見ると、少年たちの生態にどれほど目が届いていたか、かなり疑問が残る。むしろ、積極的に切りすててしまって、少年たちを見ようとしなかったということだろうね。

学校が免罪されがちだけど、この事件全体の構造に見え隠れする学校の責任は大きいね。

記者　しかし、その学校の流れにも、少しずつ変化が出はじめているのではないですかね。

斎藤　六〇年代以降の学校のシステム、いまの能力主義的な人間序列社会システムは、どれだけ生産に寄与する人間を育てるかという経済原理だ。その出発点を、まちがえたということを、国全体が基本に据えないと、これからはだめだね。

希望があるとすれば、登校拒否や中退者が増え、子どもたちは大威張りで、学校へ行かなくなっている。親も、以前にくらべて、子どもが登校拒否や中退になっても、びくびくしなくなったのは、大きな進歩だと思う。革命の一歩ではないかな。

おそらくなにかが変わるとすれば、いちばん痛めつけられている側から「ノー」という声があがることだ。

記者　検察側は、量刑が軽すぎると控訴した。主犯格のAは、無期懲役を求刑され、懲役十七年の判決だけれど、専門家は十七年は決して軽くない、重い刑だと言っている。裁判所は、少年たちの精神的未熟さは社会にも責任があると判断して、良識を示したと思ったんですが。

斎藤　こんな事件を生みだした社会を自分たちがつくったという罪悪感を認めたくない。その意識の裏返しが、こういう〝凶悪犯罪〟を犯した少年を厳罰にして排除しようという気持ちを強くしているのではないかな。あなたの家も、四人の家庭と境目がありませんよと言われるのがいやなんだね。

検察側は、こうした世論の動きを敏感に読みとって控訴に踏みきったんじゃないかな。

極端に言えば、全員無罪にして「裁判所では裁けない。日本人全員に返します」という問題の立て方をしないと、この事件からは、ほんとうの教訓は引きだせないと思う。

記者　一般市民のなかにも、判決は甘すぎる、という受けとめ方がかなりありますね。

斎藤　連合赤軍の浅間山荘事件のころから、日本の国民意識は、ファシズム化しているというか、一人ひとりの意識のなかに、ヒトラーのような発想が、もたげはじめているという危機感を感じている。山荘にこもっている、あの極悪人の犯人を、なぜ殺さないのか、という狂信的な電話が殺到した。いまも、そういうふうになりがちじゃないかね。検察官や裁判所のもっていき方によっては、それにマスコミが乗ったら危険な方向に流されてしまいそうだ。

記者　控訴により、この裁判は高裁に移してつづけられるわけで、裁判長の「一生の宿題にしなさい」という呼びかけは、少年たちだけでなく私たち大人にも向けられている。

斎藤　今回の事件は、われわれが築いてきた経済効率優先の社会が、ほんとうに人間を幸せにするのかという疑問を突きつけた。それだけでなく、その社会をどうやって解体して人間優先に切りかえていくのか、一人ひとりの決意が問われている気がする。

斎藤茂男（さいとう・しげお）　一九二八年、東京生まれ。慶応大学経済学部卒。ジャーナリスト。編著に『妻たちの思秋期』（共同通信社刊）など。

あとがき

この女子高生コンクリート詰め殺人事件の法廷で、最後まで明快な説明が得られず、ナゾのまま封印されてしまったことがある。

それは四十一日間も二階の部屋に女子高生が監禁されていたのに、Cの両親がなぜ気がつかなかったかということだ。

父親は帰宅すると酒浸りになるアルコール依存症に陥っていたから頼りにならないとしても、母親がきちんと対処してさえいれば、こんな事態にならなかったはずだ、とだれもが考えるはずだ。

そんな疑問にアルコール依存症の家族病理という視点から、Cの母親の行動のナゾを解いてくれたのが依存症、家族病理では第一人者の精神科医、斉藤学先生（家族機能研究所代表）だった。

当時の取材メモを頼りに、斉藤先生とのやり取りを再現しながら、アルコール依存症の家族病理について触れることにしたい。

新聞連載が単行本になった『かげろうの家』の家を読み終えた斉藤先生は「横川さんたちはアルコール依存症の問題について全く不勉強ですね。アルコール依存症を長年、手掛けてきた私の目から見ると、Cの家はアルコール依存症の父親を持った家族病理の典型例です」と断言した。

斉藤先生に指摘されるまでもなく、診療所事務長の父親は酒が大好きで、宴会部長とも言われていた。

法廷でも「心臓病で二回入院した日以外は二十五年間のサラリーマン生活で一日も酒を欠かしたことがないのが自慢でした」と証言している。

しかし酒を飲んでも翌日に二日酔いで仕事を休んだこともなく、へべれけになって路上に倒れたりすることもなかった。このため、私は「アル中」とは受け止めなかった。

しかし斉藤先生は法廷で父親が検事から「あなたは事件後に酒を止めたそうですね。どういう考えで止めたんですか」と聞かれて「やっぱり酒のうえの過ちというか。夫婦の会話でも、酒を飲んで会話をして、翌日、どういう会話をしたかという記憶をなくしてしまうことでは、まずいということもあったし」と証言している点に注目して、「父親はアル中の末期症状だった」と診断した。

斉藤先生は、こう語る。

「横川さんのアル中の受け止め方は一昔前の古い考え方で、手がブルブル震えたり、酔って路上で倒れたりしている人をイメージしますが、現在のアル中の発想は依存症という概念です。つまり酒に依存するか、しないかが問題です。特にネクタイアル中になっているCの父親のような企業戦士が問題で、『今日一日は酒を飲むまい』と決心しても、時計の針が勤務時間の五時を一分でも過ぎたら、『じゃあ一杯やるか』と、ビールに手を出し、飲んでしまう、つまり『やめたくても止められない』という状態であれば、それは立派なアル中、アルコール依存症です」

Cの父親は勤務が終わると、帰宅途中に酒店が店先で開いているカウンターに立ち寄り、日本酒や焼酎を二、三杯ひっかけた後、家に帰り本格的に飲み始める。

「健全な家庭であれば、女子高生が四十一日間も二階にいれば、気配がするとか、においが漂う感じがして、『おやっ、なんだこれ』って大声を上げる。ところが母親は『知らなかった』と言っている。それはウソを言っているのではなくて否認です。否認という心の動きが家族の人間関係に組み込まれて、見えるものが見えなくなってしまったという意味です」

斉藤先生は「否認」という聞きなれない言葉を持ち出した。

いったいどういうことなのだろう。

アルコール依存症を夫に持った妻は、いつもアルコールを飲んでいる夫の姿を見ていると、「肝臓を壊すのではないだろうか」など、夫の健康のことが気になって落ち着かない。それが何年も続くと、イライラしてストレスがたまってくるので、妻は自分の身を守るために、夫が酒を飲んでいる姿を見ても、「あれは飲んでいないのだ」と自分に言い聞かせて安心感を得るようになる。つまり事実を否定・否認する態度を身に付けていく。

それが五年、十年と続いていくと、夫の酒だけにとどまらず、否定・否認があらゆる面に拡大して、家の中で起こっている事象を無視する態度が身についてしまう。

つまり見えるものが見えない。聞こえるものが聞こえない。あるものがない……という不思議な世界にはまっていくというのだ。

「そのことを念頭に入れないと『女子高生に気付かなかった』という説明は納得できません。一般の人たちは不思議に思うでしょうが、ミルクを溶かしたような乳白色の霧のなかで母親は生活していたと思えばいい。こうして異常な事態が静かに進行していく、これがアルコール依存症の父親を抱えたCの家の家族病理です」

最初のころは少年たちから「もし逃げたらお前の家に火をつける、家族を殺すからな」と脅されていた女子高生は、Cの母親から「帰りなさい」と言われても、二階の部屋から動こうとしなかった。業を煮やした母親は女子高生のハンドバックからアドレス帳を取り出し、少年たちに気付かれないように近くのBの祖母宅に立ち寄って女子高生の家に電話した。

不審に思った女子高生の母親が「どなたですか」と尋ねたが、母親は「綾瀬の××です」と、偽名を名乗り本名を明かさなかった。女子高生の父親は「綾瀬の××」を電話帳で探し、電話をかけまくったが、偽名だったので手がかりをつかむことができなかった。この時にCの母親が「お宅のお嬢さんが家の二階にいます。引き取りに来てください」と、住所、氏名を言えば、事件にならずにすんだかもしれない。

なぜ母親は偽名を使ったのかも大きなナゾである。

検察側は「なぜ偽名を使ったのか」と法廷で厳しく追及した。

これに対し、母親は「手帳を取り出そうとしたとき、Cの兄に見つかり『何か盗ったろう』と、とがめられました。私は『何も盗ってない』と、ウソをついたので、そのことが引っかかりました」と答えている。

このことについても斉藤先生は「これもアルコール依存症の家族病理です」と、説明は明解だ。

「Cの母親はCの兄とは情緒的な『ニセ夫婦』の関係なのです。つまり母親はアルコール依存症で酒にしか関心を示さない父親は全く頼りにならない。そのため『代理夫』として、カウンセラー的役割をCの兄に求めていた。だから母親にとっては自分のことを案じてくれる良き理解者に映っていたわけで、その関係に亀裂が入ることを母親は一番恐れた。普通ならば事の重大性から長男にウソをついていたことがばれても、実名を名乗って女子高生を迎えに来てもらうよう頼んだはずです。しかし夫の代わり役をしている長男との関係が切れることを恐れていた妻は、それができなかったのです。物事の判断を狂わせてしまう、それがアルコール依存症の家族病理の恐ろしさです」

Cが母親に対して家庭内暴力を振るったのも、斉藤先生はアルコール依存症の家族病理だという。

アルコール依存症の父親をもった子どもたちにとって一番つらいのは、母親の関心が自分たちよりも父親の酒に集中してしまうことだ。

母親は学校の成績とか表面的な問題には関心を払うけれども、子どもたちが求めているものは、つまり、母親の目が常に自分たちに注がれているという安心感、信頼感を与えることができなくなっていく。

「母親も強い寂しさと欲求不満がありますから、子どもを養育することで紛らわす。それで子どもとの間に世代を超えた情緒的な近親相姦を起こす。こういうのを『親役代行の子ども』と呼ぶのですが、長男のように八〇パーセントは母親の味方になって異常に良い子になる。ところがそれができない残り二〇パーセントの子どもは、いつも不幸な顔をして、忙しそうにしている母親に暴力を振うなど問題行動を起こすことによって母親の関心を引こうとする。Cの兄は、真面目で、母親にとっては父親の代理役をうまく果たしていましたが、C自身は、それができないためドロップアウトして、友だち関係のなかで両親から得られなかった安心感、自分の安住の場を求めていった。問題行動を頻発することで、夫婦の関心を酒ではなく、他にもっていこうとした。その度が過ぎちゃったと私は見ています」

家では酒浸りの父親だが、職場では超まじめに働き、信頼感が厚い。日本のサラリーマンの多くは、この父親と大差ないのではないだろうか。

「アルコール依存症の人は、しらふと酩酊の二つの人格を生きています。Cの父親のように昼間は職場では有能な人間で、人付き合いも良く、世間からは評価される。夜はその緊張を解くために酒を飲んで、自分の自閉的な世界に閉じ籠もる。その二つの人格の差が深いほど、緊張と疲れが増して、ますますアルコール依存度を強くしてしまいます」

この斉藤先生の分析を裏付けるように母親は法廷で次のように証言している。

「（お酒の飲み方は）どちらかと言うと、自分の世界に閉じ籠もるというか、新聞を見るとかテレビを見るとか、そんな感じでした。お酒を飲むと無口になり対話がありません。普段はおとなしい主人ですが、酒を取り上げようとすると怒ったりするので、あきらめました」

こんな状態でも母親は、酒は夫の唯一の趣味と受け止めていたようで、アルコール依存症という認識はなかった。

「父親は共感の欠如が激しかったのでしょうね。普通はお酒を飲むと仮面を外して自分をさらけ出しますが、あまりにも自閉的になると、それもできない。そんな姿は家族、特に母親にとってはたまんなかったでしょうね」

斉藤先生によると、仕事を終わった後の一杯はストレス解消になるというのは言い訳で、酒を飲みながら商談や大事な打ち合わせをやることで、職場から逃れられないような雰囲気をつくっていく。

そうしたネクタイアル中の企業人間が日本の経済を支えてきたわけで、家事や育児を完全に放棄した結果、家族や子どもたちが大きな被害を受けているというのだ。

「だが、その男たちも実は被害者です。男は男に生まれてきたときから児童虐待を受けているという説もあるぐらいです。感情を殺せ、つらくても我慢しろ、そして仕事、仕事で命を縮めています。米国の指導者層は、その論理に縛られて泣くこともできない人間になっている。日本の企業戦士も同じ状態だと思います」

斉藤先生の指摘を待つまでもなく、日本社会は学校も家庭も、一人の人間として育てるのではなく、利潤追求型の企業戦士を生み出す社会的構造が構築されており、その構造は事件から二十五年も経過しているのに、なにひとつ変わっていない。

特に日本の学校教育は、子どもたち一人ひとりの当事者性を尊重し人間性豊かな自己決定できる自立した人間を育むのではない。

幼少期から受験戦争の兵士として、学校だけでなく、さまざまな塾の支援を受けながら、出された課題をこなしていく課題達成型の企業戦士に仕立てていく構造になっている。

しかし受験技術には熟達しても、肝心の自分というものがない、自分の意見や見方、さらには問題意識がない。つまり人間としては自立していないため、大学を卒業して就職しても、ちょっとしたことがきっかけで挫折して出社拒否状態になったり、結婚しても妻との対話が成り立たなかったりして、ストレスをため、追い詰められていく。そういう「ロボット人間」が学校教育で大量生産されている。

そうした社会的構造のゆがみやひずみの犠牲者が、Cの父親のように陥ってしまうのがアルコール依存症ではないか。

対人関係の緊張や不安を抱えた企業人間、つまりロボット人間が、仕掛けてあるさまざまな罠に引っ掛かってしまう。

もともと自分というものが学校教育でも育まれていないから、依存するものがあると、それにのめり込み、止めたくても止められなくなる。それが依存症という病気で、恐ろしい家族病理につながっていく。

依存する対象はアルコールだけではない。シンナー、マリファナなどの薬物、そしてパチンコ、ギャンブル、さらにはセックス、浮気、女性たちを虜にする買い物、食べ吐きなどの摂食障害、テレビゲーム、暴力・虐待、子どもの成績が気になる偏差値依存症と、あらゆる分野にわたっている。

実は私は斉藤先生から「横川さんはワーカーホリック。つまり仕事依存症ですね」と言われてしまった。

「仕事依存症は会社にとってはプラスになるから日本ではさほど問題にされないけれど、奥さんや子どもたちは、その被害者です。依存症は親から子、そして孫へと連鎖していくから始末が悪い。その連鎖を断ち切るのが私たちにとっての大きな課題です」

斉藤先生からそう指摘され、取材してみたらC少年の父親の父親、つまり祖父も父親と同じような酒の飲み方をしている。連鎖していることが分かった。

振り返ってみると私の父も「仕事依存症」で、私の中では仕事依存症が連鎖していたのだ。

十年前に九六歳で亡くなった父は、高等小学校を出た後、三井物産小樽支店の給仕、いわゆる雑役係となり、最後は本店の部長代理になって退職した。学歴のない人間が部長代理にまでたどり着くことができたのは、家庭を犠牲にして仕事にまい進したからだった。

一年間の単身赴任の後、小学六年生のとき一家で小樽から東京に転勤してきたが、父と一緒に食事をしたのは日曜日の夕飯以外には、ほとんどない。

朝は七時ごろには家を出て毎晩、一時、二時の深夜帰宅だった。

「六人の子どもを育てるために父は大変だなあ」と、私は企業人間として仕事に専念する父を受け入れた。

日常生活では長男として母のお守り役をやっていたように思う。

その結果、私自身は子どもが四人いたにもかかわらず、当然のように家事育児は妻任せにして、記者の仕事に専念した。

当時の給与体系も、本給は手取りの半分で、残りは深夜勤務などの過勤料でカバーされていた。つまり否が応でも過勤をしなければ家族を養っていけない給与体系になっていたのである。

子どもたちが思春期を迎え、妻が私をもっとも必要としたときも帰宅は午前三時か四時。土曜日も休みがなかった。日曜日は午後三時ころまで寝て、子どもたちと食事をするのは日曜日の夕食だけだった。

妻と子どもたちが交わす会話に入っていかれない寂しさを痛感させられた。まさに私のなかでは仕事依存症が連鎖していた。

そのような仕事依存症にならざるを得ない労働条件が一向に改善されない社会構造が続いていたと言ってもよい。

当時の私の妻が抱えていただろうストレス、寂しさ、不安、孤立感を思うと涙がにじむ。

その連鎖を断ち切るには社会の仕組み、構造そのものを変えていかなければならない。だが、それには時間がかかる。

ではどうしたらよいのだろうか。これがきっかけで私は依存症という問題に興味、関心を持ち、取材を続けていくことになる。

そしてたどり着いたのが問題を抱えた人たち同士が集まって、自分を語り、その話に耳を傾けることで、自分の抱える問題と向き合い、互いに支え合いながら回復への道を歩む自助グループの存在であった。

自助グループについては、既刊の『大切な忘れ物もの』でも取り上げたが、『もうひとつの道』でも北海道・浦河にある精神障害を持った人たちの共同体「べてるの家」を取材することで、当事者性と自己決定の大切さを尊重しながら自分らしく生きる自助グループの存在の力を再認識させられたのである。

日本社会がいまもっとも必要としているのは、こうした自助グループである。

自助グループは日本では地域共同体と言い換えることができる。

ひと昔前は、地域の人たちが一つの井戸や共同水道に集まって、水を汲んだり、洗濯をするなかで、おしゃべりをし、問題を抱えた人たちの話に耳を傾ける仕掛けができていた。

なかには話を聞いて「こうしたらどうかね」と、アドバイスする年長の人もいたが、大半は黙って話を聞いていた。

問題を抱えた当事者は愚痴をこぼしていくうちに、自分のなかで問題の整理ができていく。他の人たちは、その人の弱さを受け止めることで、何か問題が起きた時は助け合い、協力し合う結びつきができていく。

つまり薬物依存症やアルコール依存症の自助グループが毎日、繰り返しているミーティングは、ひと昔前の井戸端会議と言われるものだと言ってよい。

3・11の地震・津波大災害で改めて見直されたのは、地域のつながり、支え合いの大切さである。『かげろうの家』を改めて読み直し、地域のつながりの大切さを再認識させられたのである。

二〇一二年六月一日

横川　和夫

注＝登場する人たちの年齢、肩書きは当時のままにした。

〈著者紹介〉

●**横川和夫**（よこかわ・かずお）1937年、小樽市生まれ。60年、共同通信社入社。72年に文部省（現文科省）を担当して学校教育のあり方に疑問を感じ、教育問題、学校や家庭から疎外された少年少女、さらには家族の問題を中心に、日本社会の矛盾が表出する現場を一貫して追い続けてきた。論説兼編集委員を経て現在はフリー・ジャーナリスト。著書・共著には、依存から自立へという人間の成長発達の基本を検証した「荒廃のカルテ＝少年鑑別番号1589＝」、現在の家庭と学校の抱える病巣を鋭く描いたベストセラー「かげろうの家＝女子高生監禁殺人事件＝」（共同通信社刊）、健全で理想的な家庭と見られる家に潜む異常性を暴いて話題となった「仮面の家＝先生夫婦はなぜ息子を殺したのか＝」（共同通信社刊）では93年度日本新聞協会賞を受賞。北海道・浦河で精神障害という病気をもった人たちが当事者性と自己決定力を取り戻していくプロセスを克明に追跡した「降りていく生き方」（太郎次郎社刊）などがある。

本書は、1990年11月に共同通信社より刊行された単行本に加筆修正を行い、復刊したものです。

かげろうの家
――女子高生監禁殺人事件――

二〇一二年六月三〇日　初版発行

編著者　横川和夫
　　　　保坂　渉

発行者　井上弘治

発行所　**駒草出版**　株式会社ダンク 出版事業部
〒一一〇-〇〇一六
東京都台東区台東一-七-一秋州ビル二階
TEL 〇三（三八三四）九〇八七
FAX 〇三（三八三一）八八八五
http://www.komakusa-pub.jp/

［ブックデザイン］高岡雅彦
印刷・製本　モリモト印刷株式会社

ISBN 978-4-905447-02-3